こんにしてあげる

黒崎あつし

幻冬舎ルチル文庫

CONTENTS

✦目次✦

お婿さんにしてあげる

✦カバーデザイン＝清水香苗(CoCo.Design)
✦ブックデザイン＝まるか工房

イラスト・高星麻子✦

お婿さんにしてあげる

1

大貫幸哉《おおぬきゆきや》は花屋だ。

大貫花店という、なんの捻《ひね》りもない看板を冠した小さな店舗で切り花などの販売をしているが、儲《もう》けのメインはオフィスや店などでのフラワーアレンジメントや観葉植物のレンタルで得られる収益である。

とはいえ、パート代や諸経費を支払えば儲けは雀《すずめ》の涙程度なのだが、幸哉自身にそこそこの蓄えがあるお陰《かげ》で今のところは生活の心配をすることもなく、のんびりとマイペースで花屋を続けていられる。

今は、お得意さまのひとつであるイベント企画会社、【freestyle】フリースタイルのエントランスで、フラワーアレンジメントの作業中。

見事な白のシャクヤクが手に入ったので、やはり白のトルコキキョウやグリーンの葉などをあしらって、重くなりがちな大ぶりの花をすっきり爽《さわ》やかな縦長のラインで仕上げてみた。

(よし。我ながらいい出来)

自画自賛しつつ、仕上がった作品を少し離れて眺めようと一歩後ろに下がったとき、幸哉の背中に、ごつんとなにかが当たった。

驚いて振り返ると、この会社の社員三人が、腰を屈《かが》めてこそこそと幸哉に近づきつつあったようで、そのうちのひとりの頭がぶつかったものらしい。

「みなさん、なにしてらっしゃるんです？」

この会社の社員達の社会人にはあるまじき振る舞いに慣れっこの幸哉は、甘い垂れ目を細めて営業用の優しげな顔でにっこりと微笑《ほほえ》みかけた。

このイベント企画会社、起業した社長がまだ二十代なだけに、社員達も年若い者が多い。しかも、ほとんどの社員が明るく能天気。

経営が苦しかったり社員同士の仲が悪い会社にレンタルした観葉植物は、幸哉の元に戻る頃には葉が枯れかかっていたり弱っていたりと可哀想《かわいそう》な目に遭わせてしまうことも多いが、ここに預けたものは交換時期がきてもさして疲れた様子もなく活《い》き活きしている。頼んでおいた日常の世話をきちんとしてくれているだけでなく、なにか他の要因もあるのだろう。

スピリチュアル系なんてものは一切信じちゃいないが、植物が人の感情に敏感なのは、常々花屋をやっている中で実感することが多い。

そのせいもあって、幸哉はこの会社の能天気な社員達が大好きだ。

「実は、お花屋さんにお願いがありまして……」

頭をぶつけた社員が、照れ笑いしながら言った。

「なんでしょう？　できる限りお力になりますよ」

じゃ、ちょっと……と手で指示されるまま、幸哉も三人に習ってその場にしゃがみ込む。

(傍《はた》から見たら、変な状況だな)

会社のエントランスで、大人が四人、しゃがんで顔をつき合わせているなんて……。

来客がありませんようにと祈りつつ、「実は……」と、やってることに反してやけに真面《まじ》目《め》な三人の声に耳を傾ける。

「うちの社長の養子縁組をお祝いするサプライズパーティーを企画してるんです。俺ら三人、その幹事でして」

「へえ、養子縁組……。ここの社長さんって、天野《あまの》さんでしたよね？」

「はい、天野流生《るい》社長です」

「それで、今度はなんというお名前に？」

跡継ぎを求めるどこぞの名家に請われて養子にでもいくのだろうと思って聞いたのだが、社員達は一斉に首を横に振った。

「養子にいくんじゃなく、もらうんですよ」

「お父さんになられるんですか。お身内のお子さんですか？」

それも違う、と社員達が首を横に振る。

「相手は二十歳超えてますから」

「え？」

「うちの会社の末っ子、高橋《たかはし》くんってのがいるでしょう？」

「ああ……。あの茶髪でピアスの」

「そうそう。彼が天野くんになるんです」

「はあ、そうなんですか……」

（…………って、あれ？）

成人男性の養子縁組にどんな意味があるのかに思い至り、幸哉は酷《ひど》く混乱した。

「それって、もしかして……」

間違っていたらと思うと、怖くてはっきり聞けない。

幸哉が口ごもっていると、社員達は一斉に悲しげな顔になる。

「同性婚にアレルギーがおありですか？」

「え。いや、違う！　違います！　大丈夫！　ただちょっとびっくりしただけです」

「そうですか、よかった。――でね、お花屋さんには、会場に飾る花とウェディングブーケみたいなものを用意して欲しいんですよ。それと、もし都合がよろしければパーティーにも参加して欲しいんですが」

「わかりました。どっちもＯＫです。格安でご協力しますよ。――会場の花やブーケはどんなものがいいでしょうね？　リクエストはありますか？」

「めでたいことですし、ここはやっぱり紅白でしょう！」

「はい！　お土産《みやげ》として似顔絵入りの紅白まんじゅうもつける予定なんで、お揃《そろ》いでちょうどいいかと」

「紅白……ですか？」

あははーっと楽しげな社員達を見て、幸哉はちょっと苦笑する。

（めでたい席でまでウケ狙《ねら》いってのは……）

でもまあ、こんな社員達ばかりを好んで雇っているのは社長自身なんだから自業自得か。

せめて自分が担当する花だけは、ウケ狙いにならないよう上品に美しく飾らせてもらおう。

そう決心した幸哉が、社員達と予算などの相談をしていると、「仕事中に頭つき合わせてなにしてやがる？」と頭上から声がした。

見上げると、この会社の支柱である三人の幹部の中でも一番年若い、十和田《とわだ》という男が呆《あき》れ顔で立っていた。

「お花屋さんに、サプライズパーティーの注文とご招待をしていたんですよ」

「そりゃけっこうだが、なんだってこんなところでしゃがんでるんだよ。ったく……。――大貫さん、こんな馬鹿《ばか》共につき合ってやることはないんですよ」

一転して笑みを浮かべた十和田が、幸哉の手を取り立たせる。

「いいえ、こういうサプライズは私も大好きですから」

幸哉もおっとり笑い返しつつ、取られた手はすうっと引いて、そっと背中に隠した。

十和田はちょいと個性的な鷲鼻《わしばな》の持ち主だが、それが欧米人風の彫りの深い男前の顔にはマッチしていて独特の魅力がある男だ。

自分はゲイだと堂々と公表しており、そのついでに社内の男性社員達には、おまえらみたいな能天気な馬鹿は好みじゃないと安全宣言しているのだとか。

どうやら幸哉は彼の好みのタイプに入っているらしく、顔を合わせる度《たび》に軽いちょっかいを出されているが、その気はないのでいつも適当にあしらっている。

その度に十和田はあっさり引いてくれる。

その態度は、そっち系のホームグラウンドでは、かなりもてているんだろうなと感じさせる大人の余裕っぷりだ。今回もその例に漏《も》れず、十和田は引いた幸哉をしつこく追うことはせず、その視線を社員達へと戻した。

「話が長引くなら、近くの珈琲《コーヒー》ショップにでも行ってこい」

「あ、いえ、お話は大体済みましたから……」

見積書ができたら持ってきますね、と、社員達に告げると一斉にブーイングをくらった。

「えー、そう言わずに珈琲飲みに行きましょうよ。――十和田さん、珈琲代、経費で落ちますよね？」

「駄目だ！　ったく、馬鹿言って大貫さんを困らせてないで、さっさと仕事に戻れ」

ほら、散れ散れ、と追っ払われた三人は、「よろしくお願いしますねー」と言い置いて、クモの子を散らしたように社内のあちこちに消えていく。

ほんと馬鹿ばっかりで……と、呟《つぶや》く言葉に反して楽しげな笑みを浮かべていた十和田が、幸哉へと視線を戻す。

「それで、パーティーには参加していただけるんですか？」

「もちろんです」

「それはよかった。なんでしたら、当日お迎えにあがりますよ」

「いえ、大丈夫です。仕事絡みですから自分の車で行きます」

それは残念、といつものように十和田はあっさり引き、幸哉が飾ったばかりの花を見て、目を細める。

「今日のも素敵ですね。この白のシャクヤクは、まるであなたのようだ」

くっきりとした綺麗《きれい》な二重は甘い垂れ目、柔らかそうにふっくらした唇にいつも微笑みを浮かべている、おっとりした色白美人。

それが、周囲の人々から見た幸哉の印象だ。

骨格からして細身で、肩先ぐらいまで伸ばした柔らかな茶髪を、花束用のリボンでいつもふんわりくくっているせいもあってか、女性的に見られがちなのだ。

ちなみに、シャクヤクの花言葉は、『はにかみ』や『恥じらい』だ。

十和田がイメージするところの幸哉像が、たぶんそんな感じなんだろう。

（そんなもん、俺には縁がないっつーの。……でも、まあ――）

「――そうかもしれませんね」

幸哉は心の中で舌を出しつつ、的外れな誉《ほ》め言葉にあえて頷《うなず》き、軽く目を伏せた。

大《こう》ぶり《べ》で華やかなシャクヤクの花は、雨に濡《ぬ》れると自らの花の重みに耐えきれなくなって頭を垂れる。

それが、記憶という名の雨に打たれ続けるあまり、今も頭を垂れたまま新しい出会いに目を向けることができずにいる今の自分の姿と、どこか重なっているような気がしたからだ。

（こういうのって、時代なのかねぇ）

フリースタイルを出た後、小さなワゴン車で店舗に戻りながら、幸哉はしみじみと考えた。

ゲイだと堂々と公表する人がいて、堂々と同性婚をする人もいて、それをめでたいことだと楽しげに祝ってくれる人達もいるなんて……。

（もしも、あれが今だったら、もう少し周囲の反応も違ってたかな？）

いまだに忘れられずにいる大切な存在と、あんな形で離れずに済んだのだろうか？

それを思うと、幸哉の胸は少なからず痛んだ。

☆

幸哉が、母親から無理矢理引き離されたのは小学一年のときだ。

代々続く実業家の家系である大貫家は、ご先祖がその経営の危機を妻の実家の資産に救われたとかで、それ以降、長子の妻には資産家の娘を娶《めと》るのを習わしとしている。

幸哉の母親もやはりそれなりの資産家の娘だったのだが、両親が保証人詐欺にあって全財産を失った途端、もはや妻でいる資格はないと、あっさり夫から離婚され追い出されてしまったのだ。

そして離婚から一年後、顔だけは人並み外れて上物だった父親は、バツイチにも関《かか》わらず首尾よく資産家の娘を虜《とりこ》にして、もうじき結婚するところまでこぎ着けていた。

だが彼は、二度目の結婚式を目前にして事故死する。

妻を金のなる木としか認識できない最低の男だったが、跡継ぎである息子には甘く優しい父親だった。

幸哉はそんな父親の死を悲しみ、同時にこれは天罰だとも思った。

母親と同じ不幸な女を産み出さない為《ため》に、きっと神さまが連れていったんだろうと……。

その後、幸哉は母親の元に行くことを望んだが、父親の兄に当たる伯父《おじ》がそれを阻止した。

伯父は、幸哉が父親から相続する莫大《ばくだい》な財産に目をつけ、その後見人の座に自分が着こうとしていたのだ。

本来ならば幸哉の親権は母親の手にすんなり渡るはずだったが、両親が離婚する際、亡き父親が自らの有利に離婚を進めようとして、ありもしない母親の不貞の証拠をねつ造していたことがネックになった。

それに伯父が便乗し、金と人脈を使って母親の名誉を汚す悪質な噂《うわさ》を再び周囲に振りまき、息子を養育する資格のない女だとあの手この手で母親を攻めはじめたのだ。

お嬢さま育ちで打たれ弱かった母親は、この二度目の誹謗《ひぼう》中傷でボロボロになった。

それでも諦《あきら》めず、幸哉を取り戻そうと必死で戦ってくれていたが、狡猾《こうかつ》な伯父のせいで法的にも勝てる見込みはまったくなくなり、最終的には幼かった幸哉自身が伯父の説得を受ける形で、「お母さん、もうやめようよ」と母親の戦いにストップをかけた。

周囲の人々の好奇の目に晒《さら》されることに怯《おび》えて疲れ果て、勝つ見込みのない裁判の準備に日々やつれていく母親を辛《つら》すぎて見ていられなくなったのだ。

「これ以上無理したら、お母さんまで死んじゃうよ。そんなの絶対に嫌だ。大人になったら、必ずお母さんと一緒に暮らせるようにするから。それまで待っていて」

お願いだから、と言う幸哉の訴えに、母親は声もなくただぼろぼろと涙を零《こぼ》し、涙が枯れるまで泣いてからやっと頷いてくれた。

そして幸哉は、父親が残した財産を相続することをきっぱり諦めた。

正当な相続人である自分が大人になる前に、強欲な伯父が、なんらかの形で父親の財産を奪い取り自分のものとするのが目に見えていたからだ。

まだ幼い幸哉には、自分を守る力も助けてくれる人脈もなく、伯父に逆らい続けることで母親もろとも邪魔者として社会的に抹殺《まっさつ》される危険すらあった。

だから、今は大人《おとな》しく伯父のやることを静観するしかない。

そうすることで身を守り、周到な伯父がすべての望みをかなえた後に自由の身になったら、必ず母親の元に戻ろうと心に誓った。

母親の望みが財産や贅沢《ぜいたく》な暮らしなどではなく、我が子と暮らす、ごく普通の幸せだと知っていたからこその決意だった。

当時、幸哉は小学三年になったばかり。

両親の離婚、父親の死、そして父親や伯父からの母親に対する酷い仕打ちと、子供には少々辛い現実を見すぎたせいか、その頃にはすっかり無邪気さをなくし、妙にふてぶてしく可《か》愛《わい》げのない子供になっていた。

その後、伯父一家は、幸哉が両親と暮らしていた広い屋敷に本格的に引っ越してきて我が物顔に振る舞うようになる。

（好きにすりゃいいんだ）

幸哉はそれを、ただひんやりした目で眺めていた。

伯父からは、周囲の人間に余計なことを言ったら、おまえの母親に迷惑がかかるかもしれないぞとずっと脅《おど》され続けていたが、だからといってそのことで萎縮《いしゅく》することはない。

脅されたからではなく、母親を守る為に伯父とは戦わないと、すでに自分の意志で決めてしまっていたからだ。

（ったく、しつこいったらねぇや）

何度も繰り返し脅してくるのは伯父に罪の意識があるせいか、それともふてぶてしい態度を崩《くず》さない幸哉の態度をいぶかしがってのことか？

どちらにせよ、その強欲さ故に疑心暗鬼に囚《とら》われている伯父のことなどどうでもよかった。

ぐずぐずと陰で文句を言うなんて、幸哉の性にも合わない。

恨み辛みを腹の中にずっしり溜《た》めて、その重さに縛られるのも嫌だ。

いつか自由になったとき、迷わず母親の元に戻れるようにいつも身軽でいたかったから……。

そんな生活が数年続いた頃、大貫の屋敷にまた新たな住人が加わった。

西園寺秀人《さいおんじひでと》という、幸哉より四歳年下の男の子だ。

伯父は、幸哉の父親が死んで以来誰も使っていなかった、屋敷内でも一番いい部屋を改装してその子に与え、まるで小さなお殿様ででもあるかのように大切に扱った。

使用人達の話を盗み聞きしたところによると、秀人はとある財閥の長が愛人に産ませて正式に認知した子供らしい。

母親である愛人が死んだことで、いったんは本宅に引き取られたものの、正妻とその息子との折り合いが悪くて悩んでいたところに、伯父がうちで預かりましょうと申し出たのだとか……。

（寄生虫め。下心丸出しだな）

財閥の長には恩を売れるし、将来有望な子供を今のうちから手懐けておけば、将来的なメリットも見込めるとでも考えているに違いない。

馬鹿らしいと思った幸哉は、秀人には近寄らず、遠巻きにただ冷ややかに眺めていた。

だが、秀人が来て十日も経《た》つと軽く好奇心が疼き出した。

この屋敷に来て以来、秀人がひと言も口をきかなかったせいだ。

自分の家にいた頃は話していたというから、元から口がきけないわけではない。

伯父が慌てて医者やカウンセラーを呼んだが効果はなかった。

きりっとした形のいい黒い眉《まゆ》が印象的な秀人は、常に凛《りん》と背筋を伸ばし、やたらと偉そうに顎《あご》を上げているから、他人の家での暮らしに萎縮しているようにも見えない。

（あのチビ、もしかして拗《す》ねてるのか？）

大人の勝手で住む場所をあっちこっちと変えられて、すっかりへそを曲げてしまっているのかもしれない。

そんな風に思った幸哉は、秀人と廊下ですれ違いざま、「チビ、なんでしゃべらねぇんだ？」と好奇心に唆《そそのか》されるままに聞いてみた。

「……チビじゃない。俺は秀人だ」

立ち止まった秀人は、むっとした顔で幸哉を見上げた。

「なんだよ。普通にしゃべれるんじゃねぇか。――なんで今までしゃべらなかったんだ？」

秀人？　ともう一度問いかけてやると、秀人はやっぱりむっとした顔をして、「あいつら、気持ち悪い」と答えた。

「は？」

「ベタベタしてきて気持ち悪い。……あんたは、あいつらとはちょっと違うみたいだな」

「あんたじゃない。俺は幸哉だ」

「幸哉……じゃあ、ゆきちゃんか」

「ゆきちゃんじゃねぇ。俺のことは、幸哉さんと呼べ」

百歩譲って幸哉くんでも許してやる、と威張って言ってみたのだが、秀人は「ゆきちゃん」と頑《かたく》なだ。

そんなやり取りを何度か繰り返して、最後には幸哉が折れた。

「ったく、しょうがねぇなぁ。特別に、ゆきちゃんで許してやるよ」

そう言った途端、頑固そうに引き結ばれていた秀人の唇が、きゅっと嬉《うれ》しそうにほころぶ。

「……ふうん、ちゃんと子供らしい顔もできるんだな」

得意気なその笑顔に、幸哉はなんだかとてもほっとした。

思い返してみると、幸哉も今の秀人ぐらいの年齢で両親と別れたのだ。

それを思うと、なんとなく目の前の子供をほうっておけない気分にもなる。

だからその後、「ゆきちゃん、遊ぼ」と馴れ馴れしく誘われても、「しょうがねぇなぁ」と渋々の態《てい》を装いながら応じてやった。

「なにして遊ぶんだ？」

「キャッチボール」

道具こっち、と手を繋《つな》がれて、強く引っ張られる。

小さな子供特有の温かく湿った手の感触に慣れていない幸哉は、一瞬ギョッとして手を引きかけたが、それを引き止めるかのように秀人からぎゅっと強く手を握られる。

その手の強さに、微《かす》かに胸が痛んだ。

（もしかして、不安なのか？）

見知らぬ他人の屋敷の中、やっと見つけた話ができる相手をなんとかして手放すまいとしているのかもしれない。

（……まあ、しょうがねぇ）

安心させるようにぎゅっと手を握りかえしてやると、秀人は幸哉を振り仰いで、にっとやんちゃそうな笑顔を見せる。

その日から、秀人は幸哉にすっかり懐いてしまった。

秀人を手懐けるつもりだった伯父夫婦はそれが面白くなかったらしく、なんとかして幸哉と秀人を引き離そうとしたが、秀人本人がそれを強固に拒んだものだから、最終的には諦めたようだ。

「おまえって、ほんっと頑固だよなぁ」

半ば呆れながら幸哉がそう言うと、「当然だ。俺は男の子だからな」と秀人は、同年代の子供達に比べるとずっと小さな身体で威張る。

華奢《きゃしゃ》な身体《からだ》に宿った、その頑固な心。

そんなミスマッチが妙に面白かったし、自分だけに一途に懐いてくるのも可愛かった。

幸哉はこの生意気な弟分をそれはもう可愛がり、勉強を教え、一緒に遊んでやり、具合の悪い夜は同じ部屋で寝てやったりもした。

ふたりとも、意味は違えど屋敷の中では腫《は》れ物扱いされる特異な存在だったから、寄り添い合うようになるのも自然の流れだったのかもしれない。

ふたりでいるだけで楽しかったし、なんの不安も不足もなかった。

秀人を得たことで幸哉は、とうの昔に諦めていた幸せな子供時代を、思いがけず追体験することができたぐらいだ。

小学一年で母と引き離されて以来、心から楽しむことをすっかり忘れてしまっていたが、四歳年下の弟分と一緒にいると、なにもかも忘れて声をあげてはしゃぐことができる。しょうがないから一緒に遊んでやるよと建前上はお兄さんぶっていたが、その実、自分が一番楽しんでいたようにも思う。

秀人もまた、幸哉と同じように感じていたようだ。

ずっと退屈でつまらない毎日をすごしてきたけど、ここでの生活はとても楽しいと言っていたから……。

だが、そんな楽しい日々も、秀人が高校生になると徐々に変化しはじめる。

秀人は中学で声変わりを終えた頃から成長の速度を早め、高校生になった頃には幸哉とほぼ同じぐらいの身長になっていた。

それと同時に幼かった可愛い顔立ちも精悍《せいかん》さを増し、幸哉の目から見ても惚《ほ》れ惚《ぼ》れするほどの男前に変貌《へんぼう》しつつある。

大人に近づきつつある秀人の姿に、伯父は再びその強欲さを刺激され焦りはじめたらしい。

なんと、自分の末の娘、玲奈《れいな》との婚約を、秀人に仄《ほの》めかしはじめたのだ。

自分の娘まで金儲けに利用するのかと幸哉は呆れたが、どうやらこの話は玲奈自身の望みでもあったようで、秀人に話しかけようとしては、その度に邪険にされる玲奈の姿を屋敷内でちょくちょく見かけるようになった。

「あいつら、またベタベタしてきて気持ち悪い」

それに対して秀人は、そりゃもう嫌な顔をする。

秀人は高校生になっても幸哉以外の人間に対しては頑なままで、しかも奇妙に生真面目で白黒つけたがるところもある。

このままだと真っ正面から伯父に反発して、余計な波風が立ちそうだと心配になった幸哉は、慌てて秀人に助言をした。

「伯父貴より、おまえの親父さんのほうが立場がずっと上だってことはわかってるよな？　伯父貴は、おまえにはなにも強要できねぇんだ。できるのはご機嫌取りぐらいでさ。あんまり真剣に受け取らないで適当にはぐらかしておけよ。な？」

なんといっても、まだ高校生なのだ。

常識的に考えて、婚約云々《うんぬん》といったところで、正式な取り決めをするような年齢じゃない。

月に一度、離れて暮らす息子に必ず会いに来ている秀人の父親だって、いつまでも息子を伯父に預けておくことはしないだろう。

大学生にもなれば、きっとこの屋敷から秀人は解放されるはず。

それまでは波風を立てずに我慢しろと、しっかり教え諭したつもりだったのだが……。

「しつこい！　なにがあっても俺は玲奈とは婚約しない！」

夕食の席で伯父からしつこく婚約を仄めかされた秀人が、我慢できずにとうとう切れた。

それだけならまだしも、

「俺が好きなのは、ゆきちゃんだ！」

などと、とんでもないことを口走って、その場から飛び出してしまったのだ。

（………………最悪）

この爆弾発言に、夕食の席はシンと静まり返った。

そして伯父一家の冷たい視線が、幸哉ひとりに、じわり、と集中してくる。

（くそ。……ったく、あの馬鹿）

針のむしろ状態でいたたまれなくなった幸哉は、そろっと席を立ち、秀人の後を追った。

まず向かった先は、自分自身の部屋だ。

秀人の部屋は、伯父の指示で改装されたせいで、螺鈿《らでん》の猫足のテーブルやオリエンタル風の彫り物がしてある豪華なベッドなど、高校生の秀人からすれば悪趣味でしかない高級すぎる家具が堂々と幅を利かせていて、かなり居心地が悪い。

そのせいで秀人は、質素な幸哉の部屋に普段から入り浸っていた。

「……やっぱりこっちか」

幸哉が障子を開けて部屋に入ると、秀人は幸哉が勉強にも使っているケヤキの座卓で頬杖《ほおづえ》をついてふて腐れていた。

「こら、ヒデ！　おまえなぁ、言うに事欠いてあれはねぇだろ。もっとマシな反論を思いつかなかったのかよ？」

「言うに事欠いてって……。酷いな。俺、本気なのに」

なに言ってんだと大袈裟《おおげさ》に呆れる幸哉を、秀人はじろっと睨《にら》んだ。

「はあ？」

「俺は本気だ。――ゆきちゃんが好きなんだ」

「好きって……」

睨みつけてくる視線の思わぬ強さに、ギクッと身体が震える。

動揺している自分を知られたくなくて、幸哉は横柄な態度で秀人の隣にどっかと座った。

「ったく、俺の見た目がこんなだから、勘違いしてるだけなんじゃねぇのか？」

幸哉の顔は、大まかなところは父親譲りだが、流し目が堪《たま》らないと評判だった切れ長の目だけは受け継がなかった。

母方の祖母譲りらしい垂れ目は、どこか甘やかで緊張感がないせいか幸哉に優しげな印象を与えているし、体つきもどちらかというとスレンダーで中性的に見え、女だけじゃなく男からまで好意を持たれることもあって、けっこう面倒事の元になっている。

「ずっと一緒だったんだぞ。今さら、ゆきちゃんの見た目だけに騙《だま》されるわけないだろ」

幸哉の指摘に、秀人がむっとした顔を見せる。

確かに秀人の言う通りで、ふたりはずっと一緒だった。

秀人にとっての幸哉は、友達であり兄であり、ときには親代わりでもあったはず。

身内との縁が薄いせいか、秀人が幸哉に見せる執着心はかなり強い。

幸哉が親しい友達の話をすると露骨に嫌な顔をするし、大学の飲み会に出れば、早く帰って来い、まだかと何度もしつこくメールをしてくる始末だ。

(まあ、そこら辺は俺も悪いのか)

自分にだけ懐く秀人が弟みたいで可愛すぎて、ついつい甘やかしてしまっていたから……。

弟が待ってるから先に帰ると飲み会を抜けるのはいつものことだったし、しょっちゅう外で待ち合わせしてはふたりで遊びに行ったりもしてたから、友達連中の間では、幸哉は重度のブラコンだというのが共通認識になってしまっているぐらいだ。

(そろそろ、もうちょっと距離を開けるべきなのかもな)

普通の兄弟だって、高校生にもなれば友達とのつき合いが増えて、兄弟と始終一緒にすごすことが少なくなるはずだ。

可愛いからと言って、いつまでも自分の側にばかりいたのでは、秀人の為にもならない。

そう思った幸哉は、はっきりと言った。

「だったら、それ以外のことで勘違いしてるんだ。好きっていったって、いろんな種類があるんだからさ。もう一度冷静になって考えてみろよ」

な? と宥《なだ》めるように同意を促したが、秀人はむっとしたまま頷かない。

「何度考え直したって答えは一緒だ。意味ない」

「……ったく、簡単に断言するなよ」

「する。俺はゆきちゃんが好きだ」

（あー、ヤッバいなぁ）

絶対に意志を変えないとばかりに、凛々《りり》しい眉をきっと上げ、唇をむっと引き結ぶ弟分の顔を横目で眺めて、幸哉はこっそり溜め息をつく。

いつもは兄貴分である幸哉のほうに主導権があるのだが、たまに秀人がこんな風に生来の頑固さを見せることがあり、こうなるともう梃子《てこ》でも動かなくなる。

それをよく知っているだけに、いつもは無駄に争うこともないかとこっちから折れてやっているのだが、今回だけはそうするわけにはいかなかった。

「ゆきちゃんは、俺のことどう思ってるんだ？」

「そりゃ、可愛いと思ってるさ。俺が育ててやったようなもんだしな」

幸哉は、以前からずっとそうしてきたように、秀人の頭をくしゃっと撫《な》でる。

「――むかつく」

その途端、秀人は急に不愉快そうな顔になった。

いきなり身を乗り出してきた秀人に手首を取られ、肩を強く押されて、気がつくと幸哉は畳の上に押し倒されていた。

「このっ、なにしやがる！」

生意気な、と負けずに押し戻そうとしたが、もう片方の手首も摑《つか》まれ畳に押さえ込まれた。

「こら、ヒデ！」

放せ！　と睨みつけると、「嫌だ」と負けじと秀人もにらみ返してくる。

「可愛いって言うな。俺はもう子供じゃない。身体だってゆきちゃんより大きくなったし、力だってとっくに強くなってんだからな」

「ふざけるな！」

そんなことあるもんかと押し戻そうとしたが、畳に押さえ込まれた両手首は思うように動かせない。

(嘘《うそ》だろ)

上から押さえ込むのと下から押し返すのでは、上から押さえ込むほうが絶対に有利だ。

そのせいで押し返せないんだと幸哉は思おうとしたが、手首に食い込む秀人の指の強さや、間近に見えるがっしりとした肩から腕のラインに現実を見せつけられて、ふと恐怖を覚えた。

(いつのまに……)

足元をうろちょろしてじゃれていた可愛い子犬が、突然大きな猟犬に変身して牙《きば》を剝《む》いてきたような、そんな急激な変化にぞっとする。

「もう子供じゃないってわかってくれた？」

幸哉の一瞬の怯えに気づいたのだろう。

秀人は、額《ひたい》がくっつくほどに顔を寄せて囁《ささや》いた。

「なあ、ゆきちゃん。俺のこと、もっとちゃんと見てくれよ。本気なんだ。勘違いなんかじゃない」

秀人は、そのままゆっくりと唇を押し当ててきた。

ふたりの力の差に驚き硬直していた幸哉は、その触れるだけの幼いキスに、ほっとして身体から力を抜いた。

（……なんだ、まだガキじゃん）

力ずくでマウントを取ることはできても、本気で牙を剥くことはできない。

たぶん秀人は、幸哉に決定的に嫌われ、怒られるのを恐れているのだ。

そういう意味では、精神面で優位に立っているのは、まだこっちのほう。

だから唇を放して見つめてくる秀人を、幸哉は怯えるでも睨むでもなく、ただ真顔でじっと見つめ続けた。

怯えれば図に乗っただろうし、怒れば力ずくで押し切ろうとしただろう。

でも、ただ静かに見つめられては、秀人もどう対処していいかわからなかったようだ。

「……ゆきちゃん」

困惑したように、幸哉の手首を押さえ込んでいた秀人の手の力が緩む。

その隙《すき》を見逃さず、幸哉は「ヒデ、どけ」と、秀人の下から逃れた。

「ちっ、馬鹿力め」

押さえつけられた手首には、くっきりと赤く指の痕《あと》がついている。

手首をさするふりをしながら、自分の指をその痕に当ててみて、その大きさの差にちょっと驚かされた。

（こいつ、まだまだ大きくなりそうだな）

可愛がってきた弟分が順調に成長するのは嬉しいが、自分を超えて大きくなられるのは、少しばかりプライドが疼《うず》く。

「……なあ、ゆきちゃん」

あえて視線を外していた幸哉に、秀人は不安そうな声を出した。

「俺、ゆきちゃんが好きなんだ。わかってよ」

さっきから何度も繰り返された言葉に、馬鹿のひとつ覚えじゃあるまいしと、幸哉は溜め息を零した。

（……わかってるけどさ）

ずっと一緒に仲良く育ってきたのだ。血の繋がりとは違う絆《きずな》が、ふたりの間にしっかりと結ばれているのは幸哉だって実感している。

だが、その絆の種類を、恋愛という枠にはめ込んでしまうのは、時期尚早だとも思う。

だから幸哉は、あえて冷ややかな視線を秀人に向けた。

「頭冷やせ」

「……ゆきちゃん」

「俺には、おまえが勘違いしてるとしか思えねぇよ。そんな一時の感情に流されて、おまえと気まずくなるのは嫌だ」

「一時の感情なんかじゃない！　俺は――」

「――秀人！」

尚《なお》も言いつのろうとする秀人を、幸哉は強い調子で制した。

「なにを言おうと駄目だ。こればかりは、おまえがなんと言おうと譲らねぇからな」

長いつき合いの中で、ここまではっきりと秀人の意見を拒絶したのははじめてだ。

自分の部屋に戻れ、とあえて厳しく言うと、秀人は悔しそうな顔をした。

が、幸哉が決して折れないつもりだと悟ったようで、大人しく幸哉の部屋から出て行く。

酷くがっかりして萎《しお》れた風情のその後ろ姿に、幸哉は一瞬引き止めたいような衝動に駆られたが、すんでのところでぐっと堪《こら》えた。

(今は駄目だ)

秀人はまだ高校生なのだ。

本人がどう思っていようと、その気持ちが真実だとは限らず、この先どんな風に気持ちが変わるともしれない。

一時の気の迷いで、可愛い弟分との仲がこじれたり縁が切れたりするのは絶対にごめんだ。

幸哉にとっては敵でもある伯父が支配するこの屋敷の中で、変なもめ事を起こしたくない。

（もう少し我慢させねぇと）

幸哉の中には、秀人にはまだ話していないプランがあった。

今、幸哉は大学二年。

どうやら伯父の悪巧みは首尾よく終了したようで、いつでもこの屋敷を出ていいと言われているが、大学卒業まではこの屋敷にしぶとく居続けてやると決めていた。

全財産を奪われた代わりと言ってはなんだが、大学卒業までかかる費用ぐらいは負担させてやるつもりなのだ。

それに、この家に秀人をひとりで置いていきたくない。

幸哉が社会人になるのと同じタイミングで、秀人もまた大学に進学することになる。

大学生にもなれば独立してもおかしくはないから、秀人の親に直談判させ、ひとり暮らし用の部屋を借りさせるつもりだ。

それも、自分と母親とが暮らすことになる部屋の近くに。

そうやってほぼ同時にこの屋敷を出ることができれば、お互いに寂《さび》しい想いをすることはないし、これまで同様に一緒の時間をすごすこともできるだろう。

（あいつが大学生になったら……）

お互いにここから自由になった後でも、まだしつこく同じことを言うようなら、もっと真面目に考えてやらないこともない。

だが、それまでは駄目だと決めた。

だからその後も、秀人からしつこく恋心をアピールされる度に、毅然《きぜん》とした態度で拒み続けた。

少し離れたところからじっと見つめてくる秀人の真剣な視線にやけに落ち着かない気分になったり、何気ないやり取りの際にふと秀人の体温を感じては、どきっとする自分を自覚して狼狽《うろた》えたりする回数が徐々に増えつつあったが……。

そんな風に、表面上は平和な日々は、けっきょく半年しか続かなかった。

伯父に隠れ、電話やメールでずっとこっそり連絡を取り合ってきた幸哉の母親が、突然の病に倒れたのだ。

癌《がん》だった。

病状は一刻の猶予もない状態で、最高の治療を受けさせる為には高額の金がかかる。

詐欺にあって全財産をなくした祖父母は失意のうちに鬼籍に入り、パートなどで賃金を得て細々とその日暮らしをしていた母親に蓄えなどあるはずもない。

まだ大学生の幸哉だとて同じことだ。

だから幸哉は、金を貸してくださいと、悔しさを堪えてはじめて伯父に頭を下げた。

「よかろう。貸すなんてケチなことは言わない。くれてやる。——ただし、それには条件があるがな」

今後、父親の遺産絡みで訴訟を起こさないこと。

そして、この屋敷から出て、秀人との連絡を完全に絶つこと。

そのふたつが、伯父の条件だった。

（……くそジジイ）

幸哉が好きだと宣言して以来、秀人は伯父の末娘には目もくれない状態だったから、邪魔な存在だと思われているのはわかっていた。

それに、この屋敷で預かっている間に秀人が男に走ったなどということになったら、秀人の父親に顔向けができなくなるとでも思っているのだろう。

これを機会に、伯父は複数の懸案事項を一気に片づけてしまおうとしているのだ。

大切な、可愛い弟分。

秀人と縁を切るなんて、幸哉にとって半身をもぎ取られるような感覚だ。

それでも、一刻の猶予もない母親の命を助ける為、幸哉には伯父の条件に頷く以外に道はなかった。

（ケチりやがって……）

伯父が幸哉にくれてやると言った金額は、父親が残した総資産に比べれば実に微々たるものだった。だが、母親の治療費を払ってなお、親子ふたりで慎ましく暮らしていく分には充分な金額でもある。

金はすでに受け取りを終え、後は幸哉がこの屋敷を出て行くだけ。

私物はもうこっそり運び終え、明日の朝には身ひとつで出て行ける算段もつけてある。

屋敷を出て行くことは、秀人には言っていない。

誰にも言わないようにと、伯父に厳命されていたからだ。

こっそり教えておきたいような気もしたが、直情型の秀人に伯父の前で知らぬふりをするような器用な腹芸は期待できそうにないから我慢するしかなかった。

条件を破ったことが伯父に知られれば、父親が死んだ直後のときのような誹謗中傷や嫌がらせが、自分だけじゃなく病気に苦しむ母親にまで襲いかかるかもしれない。

そうなっても、母親の病状からして簡単に転院などさせられない。

母親を守る為に、幸哉は沈黙を守るしかなかったのだ。

（とうとう、明日でここともお別れか）

幸哉はその夜、屋敷の者がみな寝静まった後で、生まれてからずっと育ってきた屋敷の庭をパジャマ姿のまま名残惜しげに歩いた。

伯父一家に好き勝手されて、随分と様変わりした屋敷内には未練はないが、小さかった秀人と一緒に走り回ってやんちゃした広い庭には沢山の思い出がある。

キャッチボールや花火をして遊んだ広い芝生と、ふたりして競うようによじ登って倒した石灯籠《いしどうろう》の傷。そして、ブランコを作ろうと縄をかけ、ふたり同時に乗ったせいでばっきりと折れてしまった哀れな木の枝も……。

(落とし穴を作ろうとしたこともあったっけ……。ガキの頃の俺って、ほんっとアホだったよなぁ)

誰かを落とそうと考えてのことじゃなく、単純にテレビで見て面白そうだったから試しに掘ってみたくなっただけ。

ふたりして芝生に四角く穴を掘っている最中、父親が生きていた頃から世話になっていた庭師にばれて慌てて止められたが、庭を荒らすのはもういい加減勘弁してくださいよと苦笑されただけで、丹誠込めて整えた庭を荒らしたことは怒られなかった。

むしろ、あの庭師は、幸哉が秀人と一緒にやんちゃすることを喜んでくれていた節がある。

両親を次々に失うことで次第に表情をなくしていった幸哉のことを、ずっと気にかけてくれていたから……。

屋敷内で働いている使用人の中には、そんな風に気にかけてくれた人が少数ながらいる。

そんな人達にひと言も挨拶《あいさつ》せぬまま屋敷を去るのは、礼儀を欠いているようで嫌だったが、誰にもなにも言わずに消えろと伯父からは言われているのでどうしようもない。

幸哉にできるのは、皆との思い出をこうして懐かしむことだけだ。

(ひとりでここを出て行くことになるとは思わなかったな)

あと一年と少しだったのだ。

それだけの時間があれば、秀人と一緒にこの屋敷を出て行けたはずだった。

その日が来るのを本当に楽しみにしていたのに……。

(もっと早くに言っとけばよかった)

おまえが大学生になったら、一緒にこの屋敷を出ようと……。

それを言うより先に、ゆきちゃんが好きだ、などと秀人が言い出したのが悪い。

そんなことを言われた後で、一緒にこの屋敷を出ようなどと告げたりしたら、絶対に秀人は変な風に誤解する。

それを思うとなかなか言い辛いものがあって、どうしても提案が延び延びになった。

そうこうしているうちに母親が病気になり、伯父から秀人との絶縁を命令されてしまって、もうどうにもならなくなってしまった。

「ヒデの頑固者め」

庭の中程に設けられた小川にかけられた橋の上に立ち止まり、月の灯《あか》りで光る水面《みなも》を眺めながら声に出して愚痴ってみる。

「あいつが全部悪い」

自分の言うことを素直に聞いてくれていたらよかったのだ。

伯父に対する態度をちょっとだけ軟化させ、自分への執着を表に出さずに秘めてくれていたら、こんなことにはならなかったかもしれないのに……。

ちょっとばかり俺様気質の幸哉は、すべてを秀人に責任転嫁して怒った。

そうでもしないと、なんだか泣きそうだったのだ。

物思いに耽《ふけ》っていた幸哉の耳に、水のせせらぎに混じって砂利を踏む微かな音が届き、ふと顔を上げる。

「……ヒデ」

遊歩道があるにも関わらず、庭師が毎日丁寧に平《なら》している砂利の上をザクザク歩いていた秀人が、幸哉の声に驚いたように振り向いた。

「ゆきちゃん？」

「おまえ、んなとこ歩くなよ。また庭師のおじさんに泣かれるぞ。――こんな時間にどうした？」

「なんか眠れないから、ちょっとコンビニにでも行こうかと思って……。ゆきちゃんこそどうしたんだよ」

「俺も眠れなかったんだよ」

スエットの上下にブルゾンを羽織っていた秀人は、砂利を蹴散《けち》らして勢いよく幸哉の目の前まで駆け寄ってくると、着ていたブルゾンを脱いで幸哉の肩にかける。

「そんなうっすいパジャマじゃ風邪引く」

秀人の体温が移ったブルゾンは、冷えていた身体にとても温かかった。

(真似しやがって……)

かつて、風邪引くぞと心配していたのは、いつも幸哉のほうだった。

おまえはすぐに熱出すんだからと、着ていた服を脱いで着せかけてあげたりもしたものだ。

(俺がずっと面倒見てたんだもんな)

気遣いの仕方が似てくるのも当然かもしれない。

「……ありがとう」

素直に礼を言って見上げると、秀人は少し照れくさそうな顔をする。

(ここ半年で、完全に抜かれちまったか)

気質そのままの堅くてまっすぐな黒髪と、揺らがない勝ち気そうな黒い瞳。

きりっと凜々しい眉は子供の頃のままだが、顔のラインやパーツは鋭角さを増してぐっと大人っぽくなった。

この先、どんな風に成長して、どんな男になっていくのか、楽しみに——本当に楽しみにしていたのに……。

もう可愛い弟分の成長を見守ることはできないのだと思うと、なんだかとても惜しくなってきて、秀人の顔から視線が外せない。

「……なあ、ゆきちゃん」

幸哉に負けじとばかりに見つめ返していた秀人が、思い詰めたように口を開いた。

「ん？」

「俺の気持ち、まだ勘違いだと思ってる？」

聞かれた幸哉は、深い溜め息をついた。

（……最悪）

よりによって最後の夜、一番弱っている時間帯にこんな質問をされるなんて……。

「なんだよ、その溜め息。しつこいって呆れてんのか？」

「いや、そうじゃねぇよ」

幸哉はゆっくりと首を横に振ってから、また深い溜め息をついた。

そして、その視線を秀人から外して、光る水面へと戻す。

「おまえのそれは、しつこいんじゃなくて頑固なんだ。ガキの頃から、ずっとさ……。――ったく、しょうがねぇなぁ」

それは、幸哉が秀人の頑固さに折れてやるときの常套句《じょうとうく》。

それを口にすればどういうことになるかわかっていて、幸哉はもう一度、「しょうがねぇなぁ」と呟いてみた。

「……ゆきちゃん」

その途端、秀人に抱き寄せられ、ぎゅううっと強く抱きすくめられる。

大喜びするかと思いきや、耳元で名を呼ぶ秀人の声は、まるで絞り出すかのように苦しげだ。

（馬鹿力め。苦しいのはこっちだってのに……）

なんでもっと喜ばないんだと、幸哉はちょっとだけ不満だった。


抱かせてくれ、とはっきり請われて、おまえの部屋でならと幸哉は頷いた。

引っ越しの準備を終えた自室に秀人を入れるわけにはいかなかったからだ。

手首を掴まれて引っ張られるまま秀人の部屋まで行くとすぐ、噛《か》みつくみたいな勢いでキスをされた。

「……ん……」

許可を得たせいか、はじめて唇を合わせたときと違って秀人は積極的に舌を入れてくる。

が、その仕草はどこかぎこちない。

「おまえ、もしかして女も知らねぇの？」

唇が離れた隙に聞くと、「当たり前だろ」と秀人は心外そうな顔をした。

「俺は、ずっとゆきちゃんだけ好きだったんだ。他の奴になんか興味ない」

「あっそ」

（もったいねぇの。こいつだったら相手は選び放題だろうに……）

頑固さが顔に出て表情は硬いが、きりっと凛々しい眉に彫りの深い秀人の顔立ちは、確実に美形と称される類《たぐい》のものだ。

伯父の末娘が夢中になっているように、高校でもかなりもてているはず。

それなのに自分だけしか見えていないとは……。

（くそっ、可愛いなぁ）

可愛すぎて、なんだか悲しくなる。

ツンッと覚えのある痛みを鼻の奥に感じた幸哉は、慌てて胸の中に満ちてくる想いから気を反らした。

「だったら、俺がもっとちゃんとしたの教えてやるよ」

幸哉はわざとにやっと笑ってみせると、秀人と目を合わせたまま、ゆっくりと自分から唇を重ねていった。

秀人の舌を搦《から》め捕り、自らの口腔《こうこう》内へと引き入れると軽く甘噛みして、また舌を強く擦《こす》りあわせる。

くちゅっとわざと音を立ててやると、秀人が露骨に狼狽えるのがわかった。

「……っ」

幸哉の積極的なキスに戸惑っている様子の秀人をいったん解放して、今度はその首に腕を絡めながら、角度を変えてまた深いキス。

今度はこっちから侵入してやって、秀人の口腔内を探り、敏感な上顎をそろりとくすぐってやる。

「──ちょっ、ちょっと待って」

その途端、秀人の身体がびくっと震え、強い力で引っぺがされた。

「なんだよ、もう降参か？」

互いの唾液《だえき》で濡れた唇を挑発するようにわざとゆっくり舐《な》めながら聞くと、秀人はむっとしたように怒った顔をした。

「ゆきちゃんは誰かと経験あるのか？」

「そんなん、あるに決まってんだろ」

「……いつの間に」

酷く悔しそうな顔は、先を越された悔しさではなく、嫉妬《しっと》からのものだろう。

それがわかるから、悔しそうな仏頂面でさえ可愛く見えた。

「いいから、続きやろうぜ。俺が全部教えてやるからさ」

な？　と誘いながら、秀人のスエットを脱がそうとする。

秀人は、幸哉のその手を摑んで止めた。

「しなくていい」

「はあ？　なんだよ。この期《ご》に及んでやめるってか？」

「そうじゃなくて、俺がするから、ゆきちゃんはじっとしててよ」

「やり方知ってんのかよ」

「勉強したから知ってる。ゆきちゃんに痛い思いさせたくなかったし……」

「勉強って……」

ネットかなにかで検索したのだろうか？

生真面目な顔でパソコン画面と睨めっこしている秀人を想像して、幸哉は思わず、ぷっと笑った。

それが気に障ったようで、「からかうなよ」と秀人が睨んでくる。

「俺は真剣なんだ……。ゆきちゃんって、たまに凄《すご》く性格悪いよな」

「お？　嫌いになった？」

「ならない！」

怒った秀人にぐいぐいと押され、ふたりしてベッドに倒れ込む。

「この程度で嫌いになるぐらいなら、そもそも好きになんてならないし……」

やけに真剣で男っぽい目で見つめられて、幸哉の心臓が不意に跳ねる。

(なんだろ。……なんかすっげぇ気分いいな)

一途に慕われていることが嬉しくて堪らない。

嬉しすぎて、なんだか胸が熱くなる。

「ずっとゆきちゃんだけだったんだ。……ゆきちゃんだけ欲しかった」

思い詰めたように言う秀人の手の平が、恐る恐る幸哉の頬に触れて優しく撫でる。

緊張しているのか、その手は少し汗ばんでいた。

(ガキの頃と一緒だ)

はじめて話した日、必死になってぎゅっと強く握ってきた、あの小さな手の感触を思い出して、幸哉は唇の端を軽く上げた。

「なんだよ。またからかう気か?」

幸哉的には優しげに微笑んだつもりだったのだが、秀人の目には、なにかを企《たくら》んで、にやりとしている風にしか見えないらしい。

幸哉は、そのご期待に沿うことにして、本気でにやりと笑ってやった。

「いやいや、大丈夫。はじめてで失敗しても、絶対にからかったりしないから安心しろ」

「……ほんっと性格悪い」

心底嫌そうに凜々しい眉をひそめた秀人が、「もう黙れよ」と再びキスを仕掛けてくる。

幸哉は今度もご期待に沿うことにして、黙ったまま秀人の髪に指を差し入れた。

最初のうち、秀人の愛撫《あいぶ》は焦《じ》れったいほどにぎこちなかった。

「……んっ……ヒデ、そこ……いい」

だが、あえて過剰演出で幸哉が声を出すと、それに励まされるように愛撫も大胆に激しいものに変化していく。

(ほんっと、素直で可愛いなぁ)

キスマークひとつつけるのにも四苦八苦している姿が堪らなく可愛い。

正直言えば、幸哉だってかなり緊張していたのだが、年上のプライドもあってそこは必死で隠していた。

(さすがに俺だって、男とは寝たことねぇし……)

女とならば、誘われるまま好奇心で何人かと寝た。

だが、男に誘われても寝る気にはなれなかった。

同性相手のセックスに嫌悪感があったわけじゃなく、中性的で優しげな容姿に惹《ひ》かれて誘ってくる男達が、最初から自分を女として扱おうとするのが堪らなく嫌だったせいだ。

(でも、ヒデならいい)

大切で、可愛い弟分。

何事もなく日々がすぎ、この屋敷を出た後でも秀人の気持ちが変わっていなければ、たぶん自然にこういう関係になっていたんじゃないかと思う。

秀人の想いを受け入れずにきたのだって、拒む理由がなくなる日を、ただ指折り数えて待っていたようなものだったから……。

でも母親の命と引き換えに、秀人にこちらからは連絡しないと伯父と約束してしまった今となっては、もうその日を待つことはできない。

だから予定を繰り上げる決心をしたのだ。

そうしなければ、きっと自分自身が後悔するだろうと思ったから……。

(また全部こいつに責任転嫁するのも悪いしな)

後悔した挙げ句、秀人がもっと強引に押して来ないのが悪い、などと自分勝手に怒る自分が容易に想像できてしまうのが、我ながらなんとも情けない。

「……ゆきちゃん……綺麗だ」

無我夢中といった態で、秀人は幸哉の肌にキスマークという所有印をつけていく。

胸元から脇腹《わきばら》、そして柔らかな内股《うちもも》に……。

「……あっ……んん」

最初のうちは痛痒《かゆ》いだけだったその刺激は、肌をまさぐる手や吐息の熱さに後押しされて、徐々に甘い感覚へと変化していく。

雫《しずく》を零していた幸哉のそれを、秀人はなんのためらいもなく舐め上げ、唇で扱《しご》き上げる。

直接的なその刺激で、じわぁっと痺《しび》れたような熱さが身体中に広がっていった。

「……ああっ……や……いい。ヒデ……っ……」

わざわざ過剰演出するまでもなく、幸哉の唇からは自然に甘い声が零れるようになっていた。

その声に煽《あお》られるように、秀人はその行為に熱中する。

膝裏《ひざうら》を押し広げていた手が太股をじっくりと撫で上げてから、双球を揉《も》み込むようにして刺激してくる。

(うわっ、これ……くるっ)

大胆になった秀人の無我夢中な愛撫は、初心者故にか微かな痛みを伴っていて、逆にそれが刺激になって煽られる。

「あっ……ちょっ……。——んあっ!」

口と指とで強く刺激されて強引に押し上げられ、堪える間もなく幸哉は熱を放ってしまっていた。

どくどくと激しく脈打つ鼓動で息は荒く、閉じた瞼《まぶた》の裏は赤い。

達った衝撃からか、秀人の髪に絡んでいた指先は甘く痺れていた。

(……やば)

いくらなんでもちょっとこれは早すぎだ。

こらえ性がなさすぎたと幸哉が焦っていると、「ゆきちゃん」と秀人が声をかけてきた。からかわれるか？　と警戒しつつ瞼を開けると、やけに真剣な顔の秀人と目があった。

「ね、ゆきちゃん、こっちもいい？」

幸哉が放ったもので濡れた秀人の指先が、くっと秘められた場所に触れる。

「……あっ……」

達った直後で敏感になっていた幸哉の身体が、その刺激に過剰にびくっと震えた。

「これって、感じてるんだ」

興奮してうわずったような秀人の声。

その声に反応して、幸哉の背筋にぞくぞくっと甘い痺れが走った。

（ばっか、ただの条件反射だってのに……）

そっちは一度も使ったことがないのだから、感じるもなにもあったもんじゃない。

だが興奮してうわずった秀人の声に、自分が煽られてしまっているのもまた事実。

「いいよ。いいから……はやく……」

熱を放ったばかりのものは硬さを失わず、もっと触ってくれと甘く震えている。

思いがけないほどこの行為に溺《おぼ》れ、興奮しきっている自分を自覚した幸哉は、喉《のど》の奥で小さく自嘲《じちょう》気味に笑いながら、同じく興奮しきっている可愛い弟分の身体を強く引き寄せる。

勉強したと言ったのは嘘ではなかったようで、秀人は実に丁寧かつ的確に、秘められた場所を時間をかけてほぐしてくれた。

「ゆきちゃん、俯《うつぶ》せになって腰上げてくれる？」

そっちは幸哉だってしたことがないし、さして知識もない。

たぶん任せたほうが負担がなさそうだと判断して、しょうがねぇなぁと折れるふりで、秀人に促されるまま身体の向きを変えてみた。

痛みがないようにと、秀人は幸哉の反応を見ながら指を徐々に増やしてくれる。

（指……なが……）

子供の頃とは違い、すんなりと長い指は、予想よりずっと奥まで入ってくる。

中を擦られても最初のうちは不愉快な違和感しかなかったが、中を傷つけないようにとの気遣いからか、指の腹で内側を優しく探られているうちに、身体にぞくぞくっとした甘さが走るようになってくる。

そうこうしているうちに、その指の腹が妙に感じる部分をかすめた。

「……ひっ……」

急な甘い衝撃に勝手に声が漏れ、ビクビクっと背中が甘く震えた。

「ここ……いいんだ？」

反応した部分をまた指の腹で擦りながら、甘く震える背中を秀人がぞろっと舌で舐めた。

「うわっ、……あっ……」

その刺激にまだびくっと身体が震え、押し広げられていたそこが、くわえ込んでいた秀人の指をきゅうっと甘く締めつける。

「すごい。……ゆきちゃんって、感じやすいんだな」

指が食いちぎられそうだと秀人が呟く。

そのうわずった声に引きずられるみたいに幸哉も興奮してきて、なんだか頭がくらくらしてきた。

このままこんな風に指で嬲《なぶ》られ、甘いだけの刺激を受け続けているとわけがわからなくなってしまいそうで、ちょっと不安だ。

「も、いいから早く挿《い》れろよ」

怖くなった幸哉は、秀人を急《せ》かした。

「大丈夫？」

「ああ。おまえだって、それ限界だろ？」

さっきから足に当たっている秀人の熱いものをちらっと見て、幸哉が言う。

「大丈夫、もう入るから……」

たぶん、という言葉を呑《の》み込み自ら腰を高く上げると、秀人はごくっと生唾《なまつば》を飲んだ。

「じゃ、いくよ」

うわずった声で囁かれ、ぐいっとそこに熱いものを押し当てられる。

指よりもずっと太いものにゆっくりと押し広げられる圧迫感と微かな痛みに、幸哉は堪えきれず呻《うめ》いた。

「く……、んんっ……」

その途端、秀人が腰を引く。

「な……に？」

「今日は止《や》めとく」

「え？」

「なんか、ゆきちゃん辛そうだし……。——今日は、こうして触らせてくれるだけでいいよ。こっちはまた今度、もっとじっくり慣らしてからにしよう」

背中に優しくキスされて、幸哉はなんだか胸が痛いぐらいに苦しくなった。

思うに、昔から秀人はそうだった。

頑固だが、普段はどちらかというと物分かりがいいほうで我《わ》が儘《まま》でもない。

自分の言うことを聞けと癇癪《かんしゃく》を起こしたことはないし、暴れたりもしない。

これと思い定めたことにのみ頑固になって、こっちが折れてやるまで、いつもただその場にじっと留《とど》まり、我慢強くただ待っている。

（……馬鹿だな）

気遣って優しくしようと思ってくれるのは嬉しい。
でも、もう待っていても無駄なのだ。
明日になれば、自分はここから消えてしまうのだから……。
(俺達に、次なんてないのに……)
伯父との約束でそれを言えない幸哉は、ぎゅっと唇を噛んだ。
明日になればもう会えない。
一生とまではいかなくても、伯父の監視が薄れるまでは……。
ツンッと覚えのある熱い痛みがまた鼻腔を刺激する。
堪えようとしたが、今度は間に合わず視界が微かに滲《にじ》んだ。
慌てて腕で目元を隠した幸哉の顔を、秀人が心配そうに覗《のぞ》き込もうとする。
「ゆきちゃん?」
(やばっ)
泣き顔なんて絶対に見られたくない。
兄貴分としての見栄《みえ》から、幸哉は慌てて腕で涙をぬぐった。
「……なんでもねぇよ」
秀人は頑固だから、決して自分からは気持ちを変えないだろう。
だったら、こっちから強引に奪うまでだ。

幸哉は、戸惑っている秀人の隙をついて乱暴に突き飛ばし、自分から馬乗りになった。

「ヒデ、今さら怖気《おじけ》づくなんて反則だぞ。こっちはやる気になってんだ。最後までつき合ってもらうからな」

「え？　ちょっ、ゆきちゃん？」

「いいから、大人しくしてろって。気持ちよくしてやるからさ」

余裕綽々《しゃくしゃく》、わざと慣れた風を装って、戸惑う秀人にちゅっとキスしてやる。

そして、後ろ手で秀人のものに手を添え、ぐっと自ら腰を落とした。

「……んんっ」

はじめてのことだけに、正直、これはかなりきつかった。

苦痛を感じていることを秀人に知られるわけにはいかないから、わざと目を閉じ、うっすらと唇を開けて気持ちよさそうな表情を意地で装う。

（……くそっ、こっちも成長しやがって……）

一緒にお風呂に入っていた子供の頃のサイズだったら楽勝なのに、などと馬鹿げたことを考えて痛みを紛らせながら、ぐぐっと更に深く呑み込んでいく。

（あ……少し楽……）

散々慣らしてもらった後だけあって、張り出した部分を呑み込んでしまうと、格段に楽になった。

うっすらと目を開けると、こっちを食い入るように見つめている秀人と視線が合う。

微かに秀人の眉根が寄っているのは、不馴《な》れな身体に無理矢理突っ込まされる痛みのせいかもしれない。

(はじめてなのに、悪いな)

幸哉は心の中だけでこっそり謝った。

だが、中断する気にはなれない。

だって、今しかないのだから……。

「……ふう」

ひとまず、なんとか根本まで呑み込んで、ほっと息を吐く。

「ゆきちゃん、大丈夫？　あんまりよくないんじゃない？」

表情は意地でコントロールできても、身体は正直だ。

はじめて味わった身体の芯《しん》の痛みに、幸哉のそれはもう萎《な》えかかっていた。

「うっせ。これからよくなってくるんだよ」

そうなってもらわないと、さすがにしんどい。

自分の手でそれを刺激しようとしたら、秀人にやんわりと止められた。

「俺にさせて」

両手で包み込むように優しく刺激されて、じわっと甘い感覚が甦《よみがえ》ってくる。

「あっ、そこ……。そこんとこ、もっと擦れ」

優しい愛撫に安心してか、身体の緊張もやがて徐々にほぐれていく。

（……今なら、平気かも）

再び目を閉じ、恐る恐る腰を浮かせ、またゆっくり落とす。

手探り状態でゆっくりと身体を馴染《なじ》ませながら、さっき指で刺激されて気持ちよかった場所に、秀人の熱を自ら擦りつけてみた。

「——んあっ！」

ビクビクッと背中が震え、さっきと同じ快感が背筋を走り抜ける。

同時に、秀人を呑み込んだそこも甘く疼いてきて……。

（……うわっ、なんか、これ、癖になりそうかも）

自分の身体が、呑み込んだ秀人のものを無意識にきゅうっと締めつけたせいで、内側に熱い塊をより感じてしまう。

そのせいで、またじんわりとした甘い快感がそこからわき出してくる。

もう一度、と幸哉はまた自ら身体を動かした。

「……んんっ……」

指の腹とは比べものにならないほどの質量と熱が与えてくれる甘い快感がまたわいてきて、その甘さを求めた身体がもっと感じたいと意識せずとも勝手に動く。

苦痛しか感じなかったのが、嘘のようだ。

「あ……ヒデ、……ヒデの……いい……」

一度快感を覚えてしまうと、もう止まらなかった。

秀人の熱が移ったかのように、繋がったところから身体中に熱が広がり、じんわりと汗ばんでいた肌に玉の汗が伝う。

「……んんっ……あ……ああっ……」

幸哉は夢中になって自ら腰を揺らした。

顎を上げ、身体の内に籠《こ》もった熱を逃がそうと浅く息を吐くと同時に、唇からは勝手に喘《あえ》ぎ声までもが零れる。

演技なら平気だったのに、自然に零れ出る自分の喘ぎ声は妙に恥ずかしい。

それでも、いつもと違うそんな自分自身の声色《こわね》に煽られてしまっている自分もいる。

（いい……よな。別に……。少しぐらい羽目外しても……）

これが最初で最後になるかもしれないのだ。

恥ずかしがって、もう止めるだなどと逆ギレするのはもったいない。

充分に味わって、この甘い感覚を身体に焼きつけておきたかった。

（ヒデは？）

ちゃんと気持ちいいと思ってくれているだろうか？

ゆっくりと目を開けて秀人を見ると、秀人は飽きもせずうっとりとした視線を幸哉に向けていた。

「ヒデ、いいか？」

「もちろん。……ゆきちゃんは、やっぱり綺麗だ」

感極まったような声で賛美されて、幸哉の頬がかあっと熱くなる。

「珍しい。照れてるの？」

「……うっせ」

幸哉は、からかってくる生意気な唇を唇で塞《ふさ》いだ。

「ん……。――ゆきちゃん、好きだ」

繋がったまま身体の位置を入れ替えられ、足を強く掴まれて、ぐぐっと一際深く突き入れられた。

「んあっ！」

ぞくぞくっとくる甘い衝撃に、幸哉は堪らず痺れる背中を反らした。

幸哉を呑み込んだそこが、きゅうっと収縮する。

「っと、ごめん。痛かった？」

「ばかっ、違う、逆。――今の、もっと……」

ねだる声が、妙に甘ったるく耳に届く。

照れ隠しに秀人の胸を拳《こぶし》で叩《たた》いてせっつくと、秀人は嬉しそうに目を細めた。

主導権を握ると、秀人は最初のうちこそ幸哉の反応を気にしてかゆっくり動いていたが、その理性も徐々に尽きたようだった。

自らの快楽に正直になって、無我夢中で幸哉の身体を貪《むさぼ》りはじめた。

「くっ……ゆきちゃん……幸哉、もう……俺のだ」

「あ……ああっ……んあ……」

激しく揺さぶられながら、幸哉は汗で滑る秀人の肩に必死でしがみついた。

秀人との行為は、今までの遊びのセックスでは感じたことがないほどの深い喜びを幸哉に与えてくれる。

身体の内側を秀人の熱で焦がし尽くされて、どろどろに溶けた身体がどうにかなってしまいそうだ。

まるで、酩酊《めいてい》しているかのようにくらくらと眩暈《めまい》もする。

自分が今どんな痴態《ちたい》を晒しているのか、はっきりと認識することすらできない。

ただただ夢中で、激しく打ちつけられる熱情を身体で受けとめた。

「ヒデ……あっ……秀人……」

微かに残った幸哉の理性は、幸哉の唇を動かして何度も秀人の名を呼ばせた。

明日からは呼べなくなる名を……。

(ヒデ……ごめんな)

明日目覚めて、自分がいなくなったことを知ったら、秀人はどんなに悲しむだろう。

それを思うと、胸が苦しくてたまらなくなる。

まるで置きみやげのように一度だけ抱かせていなくなってしまうだなんて、酷いことをしているのかもしれない。

それがわかっていても、幸哉は秀人を受け入れずにはいられなかった。

幸哉自身が、いずれこうなることをたぶん望んでいたから……。

懐いていた可愛い弟分への愛情と、熱い視線を向けてくる男への恋情。

幸哉の中には、そのふたつが確かに存在していて危ういバランスを取り合っていた。

後もう少しだけ、可愛い弟分への愛情のほうを優先するつもりだったのに……。

(もう、無理)

触れ合ってしまったことで、止まらなくなった想いが溢《あふ》れてくる。

だが、それをいま口にすることはできない。

言葉にしてしまえば、自分の気持ちを抑えられなくなる。

秀人と離れられなくなってしまうかもしれないから……。

(俺は勝手だな)

自己中で、我が儘。

可愛い弟分が悲しむと知っていても、一度でもいいから秀人に触れてみたいという自分の気持ちを抑えきれなかったのだから……。

でも今、優先すべきは、自分の恋心より母親の命。

不幸な人生を送ってきたあの人を、寂しく悲しいままで逝かせたくない。

(秀人、ごめん。……ごめんな。——好きだよ)

本当の気持ちは胸に隠したまま、幸哉は愛《いと》しい身体を力一杯抱き締めた。

翌朝、幸哉は秀人が目覚める前に起き出して、ひとりでこっそりと屋敷を出た。

その後は、大学には休学届けを出し、病気療養中の母親の世話に専念する日々を送る。

伯父の命令通り、秀人にはこちらから連絡はしなかった。

それでも少しだけ期待していたのだ。

あれだけの甘い夜をすごしたのだから、秀人にだって、こっちの気持ちがそれなりに伝わっているはず。

こちらから連絡せずとも、秀人のほうから探し出してくれるんじゃないかと……。

だが、どんなに待っても秀人からの連絡はない。

数年後、人伝《ひとづて》に噂を聞いた。

秀人が、伯父の末娘と婚約したと……。

そして幸哉は、秀人からの連絡を期待するのを止めた。

あの頑固者が、望まぬ婚約を承諾するわけがない。

もう自分は必要とされていないのだろうと……。

(……まあ、しょうがないか)

抱かれてやりはしたが、好きだとはひと言も言わなかった。

言っておけばよかったかと後悔したこともあったが、婚約の知らせを聞いた今となっては、むしろ言わずにいてよかったのだと思う。

言ってしまえば、秀人に余計な重荷を背負わせることになってしまっただろうから……。

(俺とのことは、若気の至りってやつだろうしな)

あの頃、まだ秀人は高校生だったのだ。

兄弟であり友達であり、親でもある存在に執着するのも仕方のないこと。

視界を塞いでいた幸哉という存在が目の前から消えることで現実の色恋に目覚め、改めて身近にいる異性に本当の恋をしたのだろう。

一時の気の迷いを責める気にはなれない。

一晩だけとはいえ、こっちだっていい思いをさせてもらったのだ。

可愛い弟分がそれで幸せになれるのなら、過去の過ちは封印してもらっても構わない。

（こっちは当分の間、あの夜を忘れられそうにないけどな）

可愛い弟分でもあり、愛すべき存在へと変化しつつあった特別な男への想いも……。

それすらも、しょうがないことだともう諦めるしかない。

治療の甲斐《かい》あって母親は寛解《かんかい》し、その体力が回復するのを見はからって、幸哉も大学へと復学した。

数年遅れで大学を卒業した後は母親の希望もあって普通に就職し、元気になった母親もひとりで家にいても退屈だからと、趣味を活かした短時間のパートに出るようになった。

親子ふたり、離れて暮らしていた分を取り戻すかのように寄り添い合い、助け合って慎ましく暮らしたが、それも長くは続かなかった。

母親の病気が再発したからだ。

二度目の治療は残念ながらうまくいかず、苦痛を取り除くのが精一杯で、みるみるうちに母親は衰弱していった。

再発して三ヶ月後、幸哉の手を握り、ごめんね、ありがとう、と小さく囁いた後で母親は長い眠りに落ち、そのまま目覚めることはなかった。

悲しかったが、母親と共に短くとも穏やかな日々をすごせたことと、ちゃんと最期まで側にいてあげられたことが幸哉にとっての救いになった。

愛していた夫にゴミのように捨てられ、自らの手で息子を育てられなかったことをずっと悔やんでいた悲しい人が、その最期に微笑みを見せてくれたことも……。

母親の葬儀を終えた後、もう伯父の命令に縛られることもないかと秀人に連絡を取ろうかと考えたこともある。

あの夜のことはお互いに若気の至りとしてなかったことにして、一緒に育った兄弟分としての絆を取り戻すことぐらいならできるのではないかと期待して……。

だが、その前に伯父から電話が来た。

電話の内容は、母へのおざなりなお悔やみの言葉と、秀人と伯父の末娘が夫婦として幸せに暮らしているという報告だった。

それを聞いた瞬間、幸哉の胸に思いがけず去来したのは嫉妬という感情だった。

幸せな若夫婦を間近に見て平静でいられないだろう自分を自覚した幸哉は、けっきょく秀人に連絡を取るのを諦めた。

この胸の中に秀人に対する特別な想いが存在している限り、会わずにいたほうがいいんだろうと思ったから……。

そして幸哉は、完全にひとりになった。

（……困った。なにもやる気がおきねぇ）

必死で看病し、母親中心の生活を送ってきた分、ひとりになった後の精神的な反動は大きかった。

母親の病気が再発したときに、看病に専念する為に就職した会社も辞めてしまっていた。

そもそも、これまで幸哉は、自分の人生は二の次で、可愛い弟分の面倒を見ることと、不幸な人生を送ってきた母親を少しでも幸せにしてあげることばかりを考えて生きてきた。

そのふたつをなくしてしまい、途方に暮れるのは当然のことだった。

(重度のマザコンでブラコンか……。俺って、かなり歪《ゆが》んでるよなぁ)

それを自覚したからと言って、すぐに矯正《きょうせい》できるわけもない。

悪いことに伯父から渡された金がまだ充分すぎるほど残っていたから、働かなくとも生活に困ることはなく、ただぼんやりとすごす日々が続いた。

半ば引きこもり状態に陥り、自堕落な生活を送る日々。

だが、けっきょくそれも長くは続かない。

無為にすごす日々が、耐えがたいほど退屈になってしまったからだ。

(しょうがねぇ。……とりあえず、なにかするか)

もとより幸哉は、自らの不幸に酔いしれていられるタイプじゃないのだ。

そんな性格だったら、母親と引き離され、伯父に家を乗っ取られた時点で心が折れ、すっかり卑屈な人間になっていただろう。

だが、そうはならなかった。

子供ながらも、いつかこの不幸から抜け出し、母親とふたりで幸せになってやると誓い、その日が来るのをふてぶてしく待つだけのしぶとさを生来持ち合わせていた。

その生来のしぶとさが、最後のところで幸哉を支えた。

とはいえ、母親を失い可愛い弟分も失った今、幸せになる道筋はまったく見えない。

それでも、とりあえず一時的に微笑むことができる方法だけはそれまでの経験から見知っていた。

(母さんは、花の前ではいつも笑ってた)

身体が弱ると同時に心も弱り、身の回りの世話をしていた幸哉に、迷惑かけてごめんねと謝ってばかりいたのに、花を飾るときだけは嬉しそうに微笑んでくれていた。

綺麗ね、可愛い、ありがとう、いい香り、と……。

少しでも気持ちを和ませてあげたくて、彼女が旅立つその瞬間まで病室には常に花を欠かさずにおいたものだ。

(俺もいっちょ花の世話になるとするか)

花と日常的に接する仕事につけば、とりあえずは微笑んでいられるだろうし、花を見て微笑むお客さんを見て心和ませることもできるだろう。

とりあえず笑って日々をすごしてさえいれば、いつかはこの孤独から抜け出す道筋も見出《みいだ》せるかもしれない。

そして幸哉は、花屋を開いたのだった。

☆

「店長、おかえりなさ〜い」

近所の月極駐車場にワゴンを停めて店舗に戻ると、幸哉が外回りに行っている時間帯に店番をしてくれているパートの若奥さん、由香《ゆか》が満面の笑みで迎えてくれた。

ピンクのゴム手袋とエプロン、キャバ嬢かと見紛《みまが》う睫毛《まつげ》バサバサのフルメイクに派手な服、そして盛られまくったヘアスタイル。花屋の店員にしては派手で個性的な由香は、この通りを通学路とする近隣の女子高生達の人気者だ。

今も学校帰りの園芸部員の女子高生がふたりほど、買い物ついでに由香の側でおしゃべりしながら自主的にその仕事を手伝ってくれていたようで、おかえりなさ〜い、とくったくなく幸哉に挨拶してくる。

「由香さん、ただいま。——お嬢さん達もこんにちは。今日はいつもより早くない？」

「テスト準備期間中で早上がりなんです」

「家に帰って勉強しなくていいの？」

幸哉が聞くと、よくないです〜と女子高生達がキャッキャと笑う。

「今日は由香さんからやる気を貰《もら》うついでにお花も買いに来たんです。お花を飾ったら、ちょっとは勉強もはかどるんじゃないかと思って」

(困ったときの神頼み、ならぬ、花頼み？)

そんな効果があったっけかなぁと心の中で首を捻りつつ、「頑張ってね」と甘い垂れ目を細め、おっとり微笑んで応援してあげると、「は〜い、頑張りま〜す」と女子高生達が嬉しそうに返事をする。

女子高生達の背後から、「おかえりなさい」と控えめな声が聞こえた。

店の前に置いてあるベンチに腰かけているのは、近所に住む顔馴染みのお婆《ばあ》さんだ。

「ああ、いらしてたんですね。――ただいま帰りました」

「今ね、おばあちゃんに頼まれて、みんなでフラワーポットを作ってたんですよ」

ベランダに飾るんですって、と由香がなぜか得意そうに言う。

「そう。なるべく長く楽しめるようにしてあげてね」

「わかってますって。ちゃんとおばあちゃんのリクエストも聞きましたよ」

これ重いから自分が帰るときに配達しますねと由香が言い、ありがとうと嬉しそうにお婆さんが微笑む。

春とはいえまだ風の冷たい季節、幸哉はいったん店舗の中に入り、みんなの為に温かな紅茶とクッキーを用意した。

店先で和やかにお茶にしていると、通りがかった顔馴染みの主婦が私も混ぜてと気楽に寄ってきて、ついでにと花を買っていく。

和気あいあいと、明るく和やかなこの空間。

主役であるはずの花が、ついで呼ばわりされることも多いがそれに不満はない。

こんな時間を得る為にこそ、幸哉は花屋を開いたのだから……。

(とりあえず、俺も笑ってられるしな)

ちょっと俺様気質で我が儘で意地っ張り、しかもへそ曲がりなところがある自分が、客商売に向いているとは思っていない。

だから幸哉は、この花屋を開くときに、自分自身も商品の一部だと考えることにした。

伯父の元にいる間に身につけてしまったふてぶてしい態度は封印し、甘い垂れ目を活かして見る人がほっと安らげるようなおっとりとした微笑みをその顔に浮かべ、髪を花束用のリボンでふんわりとくくる。

客観的に見て、おっとりと優しげな自分のこの姿もまた、この店を飾る花束のひとつ。

髪をくくる花束用のリボンは、幸哉にとって本来の俺様気質な自分を抑える為の戒めでもあるのだ。

(まあ、平和でけっこう)

大きな幸せはないが、不幸もない生活。

甘くて、少しほろ苦い過去の一度きりの恋の記憶を胸に抱《いだ》いたまますごす日々。

幸哉は、微睡《まどろ》むようにぼんやりと今を生きている。

（……そんな柄じゃなかったのになぁ）

自らの人生の不思議さに、たまに首を傾《かし》げつつ……。

2

閉店時間になって、店舗の灯りを消してシャッターを閉めた。

外に出したままだったスタンド看板を、シャッター脇にある自宅用玄関の中にしまう為にしゃがんで畳んでいると、ふと外灯の灯りが遮られ手元が暗くなる。

歩道を歩く通行人の影なら一瞬で通りすぎるはずだが、なぜかこの影は留まったままだ。

(なんだ？)

奇妙に思って振り仰ぐと、すぐ側に、灯りを背にして大きな男が立っていた。

「もう閉店したんですが、急ぎのご用ですか？」

逆光のせいで顔がはっきり見えない男に、幸哉はそのままの姿勢でにっこりと営業用の微笑みを見せる。

その途端、男は微かに舌打ちしたようだった。

「顔も覚えてないのか」

「え？」

まるで責めているかのような声に、慌ててきちんと背を伸ばして立ち、改めて男の顔をじっと見る。

最初は同年代ぐらいかと思った。

額にハラリと落ちる堅そうな黒髪に、強情そうに引き結ばれた唇。

薄暗がりの中、彫りの深いその顔立ちが浮き上がってくるにつれ、幸哉は息が詰まるような衝撃を受けた。

「……ヒデ？」

そこにいるのは、高校生の頃とは比べものにならないほど男らしくなった秀人の姿。

（——嘘だろ）

あれから、もう九年も経ったのだ。

一度も連絡してくることなどなかったのに、なぜ今ごろになってここにいるのか？

「こっちは住居か？　入るぞ」

秀人は、呆然《ぼうぜん》として立ちつくす幸哉の返事を待たずにその脇を通りすぎ、勝手に開いていた玄関から家の中に入って行ってしまう。

「……え？　ちょっ、待て、こら！」

シャッター脇の玄関を入るとすぐに階段になっていて、店舗の二階部分がそっくり幸哉の住居スペースになっているのだ。

（なんなんだよ、いったい）

止める間も与えず階段を昇って行く秀人を慌てて追いかけながら、幸哉は混乱しまくっていた。

昔のままの秀人に、ゆきちゃん、会いたかったよ！　とでも言われてハグのひとつもされたら、この再会にちょっとはときめいたかもしれない。

だが、しょっぱなからこう喧嘩《けんか》腰で来られたんじゃ、負けず嫌いの血が疼いてしまってそれどころじゃない。

「こら！　挨拶もなしで勝手に人の家に上がるんじゃねぇよ！」

追いかけながら文句を言ったが、あっさりシカトされた。

秀人は勝手に灯りをつけると、十五畳ほどのリビングダイニングをぐるっと眺める。

次いで部屋の中を勝手に通り抜け、奥の寝室に繋がる襖《ふすま》を開けた。

「ひとり暮らしなのか？」

リビングダイニングの様子や寝室のセミダブルのベッドを見てそう判断したのだろう。

なんだか意外そうな様子だ。

「そうだ。……ったく、いきなり家捜しなんてどういうつもりだよ」

マナーってものを知らないのか？　と文句を言ったが、またしてもシカトされる。

「珈琲」

秀人はリビングに戻ると、今度はふたり掛け用のソファに勝手に座って偉そうに命じた。

（……む、むかつく）

その横柄すぎる態度に幸哉は思わず拳を握りしめたが、客商売をやりながら身につけた自制心をフル稼働して必死で堪えた。

「俺が飲むついでに淹《い》れてやるよ」

大人しく言うことを聞くようでかなり腹立たしいが、突然の訪問に混乱したまま対応して、うっかり変なことを口走りたくはない。

とりあえず気持ちを落ち着ける時間を稼ごうとキッチンに立った幸哉は、こっそりソファに座る秀人の横顔を盗み見た。

(……予想以上に大きくなった)

別れたときに比べて、身長が伸びたし身体の厚みも増した。

あれ以来、ほとんど縦にも横にも伸びなかった幸哉とは雲泥《うんでい》の差だ。

(機嫌でも悪いのか？　なんか、えらく雰囲気変わったけど……)

頑固そうな凛々しい眉は記憶のままだが、なぜかその眉間には皺《しわ》が寄っているし、意志が強そうな二重の目は、不機嫌そうなままだ。

以前の生真面目そうな雰囲気は薄れ、今はむしろ投げやりな感じに見える。

実年齢より老けて見えたのは、たぶんそのせいなんだろう。

「おまえ、顔つき悪くなったな」

幸哉は、秀人の前に珈琲カップを置きながら、素直な感想を述べてみた。

「あんたは前より可愛くなったんじゃないか？　エプロン姿でリボンつけてにっこりだなんて、昔のあんたじゃ考えられない」

ふんと小馬鹿にしたように鼻で笑われ、慌てて髪からリボンを引き抜き、エプロンを外す。

「うっせ！　これは花屋の営業用にキャラ作ってるだけだ」

確かに、昔の幸哉だったら、金を積まれても髪にリボンなんかつけなかったし、にっこりと営業用スマイルを作るなんてこともしなかっただろう。

こうなるまでには、それなりのことが色々あったのだと説明してやりたいところだが、秀人の態度を見る限り、まともに聞いてもらえそうな感じがしない。

「なるほどね。そうやって愛想を振りまいて、今も周囲を騙くらかして生きてるわけだ」

またしても小馬鹿にしたような顔で秀人が言う。

幸哉はその態度に、腹立たしさよりも先に違和感を覚えた。

（なんなんだ？）

頭から人を小馬鹿にしたような口調と、やけに投げやりな態度。

それらは、以前の秀人には一切見られなかったものだ。

十年近く会わずにいたのだから、お互いに変化があるのは当然だとしても、この秀人の変化はあまりよろしくない感じがする。

（体調が悪い……ってことはないか）

見たところ、顔つきは悪いが、顔色は悪くない。

単純に腹の虫の居所がよくないだけならいいが、日常的にこんな態度で生きているとしたら、さぞかし周囲の人達から恐れられ、煙たがられているに違いない。

幸哉はとりあえず気を静めながら、珈琲サーバーから自分の分の珈琲をカップに注いで秀人の元に戻った。

「おい、ちょっと詰めろよ」

誰かを招き入れる気など最初からなかったから、この部屋にはソファがひとつしかない。

だから偉そうに中央に座っている秀人にそう言ったのだが、秀人はふんぞり返ったまま動こうともしない。

面倒臭くなった幸哉は、カウンター前に戻って、食事時に使う椅子に浅く腰かけた。

(ったく、なにしに来たんだか……)

どう見てもこれは、懐かしくなって訪ねてきたって雰囲気じゃない。

(……ああ、そういえば)

秀人がまだ小学生ぐらいの頃、こんなことが何度かあったような気がする。

側にくっついてくる癖に、遊ぼうと誘うわけでもなく、ただ不機嫌に黙り込むばかりのときが……。

あの頃は、学校で生い立ちのことをからかわれてふて腐れていることが多かった。

時間をかけ少しずつ不満を口にさせてやると、機嫌も徐々に回復していったものだが。

(あのやり方は、今でも有効かな？)

もしも秀人が、自分ひとりではどうにもならない不満を抱え、最後の救いを求めてここにきたのだとしたら、兄貴分としてやはり放ってはおけない。

(偉そうな態度は気にくわねぇが……。――まあ、しょうがねぇ)

幸哉はカウンターにカップを置いて、秀人の横顔を眺めた。

「元気だったか？」

「……それなりに」

秀人は、幸哉を見ずに答える。

「今なんの仕事してるんだ？　親父さんの手伝いとか？」

「いや。実家とはもう縁を切った」

けっきょく大人になっても、愛人の子である秀人と、正妻やその息子との関係は修復しなかったらしい。

秀人の父親は、正妻の子より意志が強く、学業においてもかなり秀でていた秀人の将来を期待していたようなのだが、兄弟のあまりの相性の悪さに、これでは財閥内の関連会社に引き入れても将来的にトラブルの元になるだけだと判断してくれたようだ。

息子の未来を最悪な形で摘むことになるよりはと、泣く泣く手元に戻すことを諦め、秀人の望み通り生前分与分の不動産などの財産を与えて実家から解放してくれたのだとか……。

「お蔭でこの年で悠々自適の生活を送れてる。だがまあ、遊び暮らすだけってのは性に合わない。税金であれこれ持ってかれるのも気にくわないから、今は趣味と税金対策を兼ねて焼き物の専門店をやってるよ」

「焼き物って、食い物屋？」

居酒屋系の店を連想した幸哉を、秀人は「まさか」と小馬鹿にしたように鼻で笑った。

「職人が作った一点物の陶器なんかを扱ってる店だ。たまに客に頼まれて骨董も扱うが……。税金対策だから儲ける必要はさしてないのに、なぜか評判がよくて困ってる」

このままだともう一店舗ぐらい店を開くことになりそうだと、秀人は面倒臭そうだ。

（自慢……じゃなさそうだな）

昔から秀人は、まわりくどい自慢はせず、自慢したいときにはそりゃもう堂々と威張って自慢していたから。

不機嫌の原因を探ろうと、幸哉は更にあれこれ質問を重ねてみる。

それに対して秀人は、意外なほどすんなりと質問に答えてくれる。

陶器に興味を持つようになったのは大学時代の恩師の影響で、その恩師や父親の知人達が現在では主な顧客になっているらしい。

客に頼まれ、陶工に直接作品を依頼しに行ったり、欲しがっている骨董品を手に入れる為にセリに出たりと、話を聞く限りでは充実した忙しい日々をすごしているようだ。

だが生憎《あいにく》と、秀人本人はその忙しさを歓迎していないようで、「なんでわざわざ俺なんかに仕事を頼むんだか……」と不満そうだ。

(ったく、贅沢言って……。信用されてるってことだろうに)

具体的な金額は出ていないが、客層からして秀人が扱っている商品は、たぶん一般人には手が届かないような高額なものばかりのはず。

だからこそ、その手の商品には詐欺や贋作《がんさく》がつきもので、用心したコレクター達が信頼できる人物に依頼したがるのも当然のことだ。

投げやりな雰囲気を身に纏《まと》い、随分と目つきも悪くなったが、生来の頑固な生真面目さはまだ失っていないってことなんだろう。

(俺がいなくても、しっかりした人間関係を築いてこれたんだな)

高校生の頃の秀人は、幸哉ひとすじで排他的ですらあった。

そのことが少しだけ不安だった幸哉は、ちょっとほっとした。

(仕事は問題なさそうだ。……となると、問題は家庭か)

伯父から最後に連絡があったときは、伯父の末娘、玲奈と秀人が夫婦として仲良くやっていると聞かされたが、さて、今はどうなっているのか。

九年経ってなお、いまだにしつこく胸にくすぶる想いから微かな抵抗感を感じつつも、幸哉は思い切って口を開いた。

「家のほうはどうだ？　子供もいるんだろ？」

幸哉の問いに、「ああ、つい先日できた」と秀人が答える。

（……やっぱりな）

家庭を持ち、子供を育てる。

秀人はそんな普通の幸せを手に入れたのだ。

幸哉が少し切なく思っていると、

「だから、先週離婚した」

秀人がとんでもないことを言い出した。

「へ？」

「子供ができたから別れたって言ってるんだ」

「ちょっ！　おまえ、最低!!」

人でなしだと幸哉が思いっきり引くと、秀人はやっと幸哉のほうに視線を向けた。

「俺の子じゃない」

「あ……浮気されたのか。……そりゃお気の毒さま」

（あの玲奈が、浮気ねえ）

何度邪険にされても、一途に秀人を追いかけていた従姉妹《いとこ》の姿が脳裏に浮かび、ちょっと信じがたい気分だ。

少々我が儘なところはあったものの、決して悪い子ではなかった。あの子なら、秀人を幸せにしてくれるだろうと思っていたのに……。

切ないことだが、長い月日の積み重ねが玲奈の心を変えてしまったのだろう。

「それでやさぐれて、俺のところにきたのか」

「なんだって？」

「あ、いや。おまえが妙に不機嫌そうだったからさ。きっとまた、昔みたいになにか嫌なことでもあったんだろうと思って」

幸哉の言葉に、秀人は思いっきり片眉を上げた。

「ああ、なるほど。カウンセリングのつもりで、さっきからあれこれ聞いてくれてたってわけか」

ご親切なことで、と自嘲気味に鼻で笑う。

「当然だろ。十年近く会わなくても、おまえは俺にとって可愛い弟分なんだ。おまえの機嫌が悪いせいで感動の再会とはいかなかったけどさ……。まあ、そういう事情ならしょうがない。特別に許してやる」

「……それはどうも」

「それにしても、あの玲奈が浮気とはね……。――おまえのほうはどうだったわけ？」

「あ？」

「花屋なんて商売やってると、近所の奥さん方の井戸端会議にもけっこうつき合わされるんだ。その手の夫婦間トラブルもよく聞くからさ」

妻が浮気性だったケースもけっこうあるようだが、夫のほうにも問題があるケースだってかなりあるようだ。仕事仕事で家庭を顧みなかったり、安定した夫婦関係に安心しきって妻を女性扱いしなくなったりと、夫に対する小さな不満が積み重なって……ということも多いらしい。

花屋の常連客の奥さん達から聞かされた、それらのケースをいくつか話してみてから、もう一度、おまえはどうなんだと聞いてみたら、秀人は、「確かに、女扱いはしてなかったな」とあっさり認めた。

「俺にとってのあいつは、衣食住つきの家政婦みたいなもんだったし」

「その言い草、あんまり酷すぎねぇ？」

やっぱり人でなしだと幸哉が引くと、秀人は「そういう契約だったんだ」と肩を竦《すく》めた。

「契約って？」

「あいつと結婚するときに、慰謝料だなんだで後々面倒にならないよう、そういう契約を取り交わしたんだ」

かつて秀人は、あまりにしつこく婚約してくれと迫ってくる伯父と玲奈に辟易《へきえき》して、絶対に玲奈と婚約する意志がないことをわからせる為に条件を出した。

玲奈には指一本触れるつもりはないし、公式の場以外では婚約者として振る舞うこともしない。それでもいいなら、婚約してやってもいいと……。

それを聞いた伯父と玲奈は、それでもいいと勝手に婚約話を進め、すっかり面倒になった秀人が伯父達の好きにさせておいたら、その数年後には式の日取りまで決まっていた。

「それで、そのまま結婚？」

呆れ顔の幸哉に、「面倒だったから」と秀人は投げやりに答えた。

「俺は元々愛人の子だったからな。結婚に関しては、夢も理想も持ってないんだ」

本当の意味で夫婦になるつもりなど毛頭なかったから、入籍する前に玲奈と契約書を取り交わした。

契約内容は婚約時の内容ともうひとつ、結婚後もこちらの浮気を容認することという条件をつけ加えたものだとか……。

「伯父貴も玲奈も、その馬鹿げた条件を飲んだのか？」

「ああ。だから結婚してやったんだ」

「ふたりとも馬鹿だな」

秀人を甘く見すぎだ、と幸哉は溜め息を零した。

伯父達は秀人の頑固さを読み間違えていたのだろう。

結婚してしまえばこっちのもの、一緒に暮らすうちにいつかは情が湧《わ》いて本当の夫婦になれるはずだと甘い夢を見ていたのかもしれないが、秀人の頑固さの前では、そんな楽観的予測など無意味だ。

（……ってことは、恋をしたから結婚したわけじゃなかったのか）

秀人の結婚の真実を知って、玲奈には悪いが、幸哉はなんだかほっとしていた。

と同時に、それならば今の秀人に誰か愛している者がいるのだろうかと気にかかる。

（俺……なんてわけないか）

ついうっかり、かつて見た甘い夢の続きを見そうになってしまって、幸哉は苦笑した。

再会時の喧嘩腰の態度からして、それだけはあり得ない。

かなわない夢は、後で辛くなるだけだから見ないほうがマシだろう。

（玲奈も、よく我慢したもんだ）

何年もの間、もしかしたら振り向いてもらえるかもと夢を見続けてしまった従姉妹。

さっきはその心変わりを切なく思ったが、事実を聞いた今となっては、もっと早くに見切りをつけていればよかったのにと同情すらしてしまう。

「……いっそ玲奈が哀れだな」

素直な感想を口にすると、「俺もそう思う」と秀人がぬけぬけと言う。

「だから寝取られ男の称号も甘んじて受けてやったし、浮気の慰謝料も請求しないでやった」

「ったく、そんなの当然だろ」

よくも言えたもんだと呆れた幸哉は、ふと首を傾げた。

「となると。なんでおまえ、そんな不機嫌なんだ？」

「別に機嫌は悪くはない。……久しぶりにあんたの顔を見て、少しばかり緊張したけどな」

「なんだ、緊張してただけか……」

妙に高圧的な態度で接してくるから、てっきり機嫌が悪いものだとばかり思っていた。

だからこっちも条件反射的に身構えてしまったが、そういうことなら話は別だ。

(可愛いところも、ちゃんとまだ残ってるじゃないか)

離れていた十年近い年月をどうやって埋めていいかわからず、戸惑っていただけだったのならば……。

秀人の中にかつての可愛かった弟分の片鱗《へんりん》をやっと見つけたような気がして、幸哉はなんだかとても嬉しくなった。

(あの喧嘩腰も、そのせいか？)

もしそうなら嬉しい。

見ないほうがマシだと思っている甘い夢がまた脳裏をよぎったが、幸哉は慌ててそれを追っ払った。

（九年も経ったんだから……）

その間、数え切れない出会いがあったはずだ。

秀人のようにハイクラスな男が、ずっとひとりでいられるわけがない。

だが、秀人にとって、幼馴染みの兄貴分は自分しかいない。

恋ははじまらなくても、一度途絶えた交流を再開することはできるはずだった。

「だったら、その顔、もうちょっとなんとかしろよ」

「顔？」

幸哉は言われた意味がわからないといった風情の秀人にごく自然な仕草で歩み寄り、その眉間を指先で押して不機嫌そうな皺を伸ばしてやった。

「眉間に皺が寄ってるぞ。せっかくの男前が台無しだ」

ついでとばかりに、くしゃっと昔のように頭も撫でてみる。

（手触りは昔通りだ）

秀人の髪は、柔らかな髪質の幸哉とは真逆で堅くてまっすぐだ。

頑固で生真面目な秀人の性格がそのまま現れたような感じで、幸哉は昔からこの手触りがお気に入りだったのだ。

すっかり嬉しくなった幸哉が、高校生の頃より長くなった髪の手触りをしつこく楽しんでいると、ぱしっと秀人に手首を摑まれて止められた。

「あんた、やっぱり昔と全然変わってないな」

露骨な嫌悪感を滲ませた秀人の声に、幸哉は眉をひそめる。

「どういう意味だ？」

「無神経で自分勝手だって言ってるんだよ」

「……そりゃ悪かったな」

喧嘩を売りたそうな秀人の口調に、幸哉は生来の負けず嫌いを発動させて和らげかけた態度をまた硬化させた。

「で、だからなんだって？　わざわざ悪態つきに来たのかよ？　俺はおまえのストレス発散につき合ってやる気はねぇぞ。他に用がないんだったら、さっさと帰れ」

「断る」

「なら、早く用件を言え。なにしに来たんだ？」

摑まれた腕を振り払った幸哉は、思いっきり秀人を睨みつけた。

秀人は、ゆらっと立ち上がり幸哉を見下ろす。

「……な、なんだよ」

高圧的な態度で見下ろしてくる秀人から妙な圧迫感を覚えて、幸哉は軽く狼狽える。

(なんて目で見やがる)

秀人は、まるで見知らぬ他人を見るような冷たい目をしていた。

「見た目は相変わらず綺麗なままだ。――この優しげな甘い外見に惑わされてちょっかいかけてくる奴もいまだにいるんだろう？」

「いても、相手になんかしないけどな」

「高飛車だな。あんた、今年で三十路《みそじ》だろ？　そんな態度じゃ後悔するぞ」

「後悔？」

「あんたの取り柄の、その見た目のよさに惹きつけられる奴がいる間に、せいぜい楽しんでおけって言ってるんだ。相手してくれる奴がいなくなってから後悔しても遅いぞ」

好奇心旺盛だった十代の頃ならともかく、今は誘われるまま寝るような真似はしていないし、特定の相手がいないことで欲求不満を感じたこともない。

それなのに、秀人のこの言いようは、幸哉が誰彼構わず楽しめる淫乱《いんらん》女のような存在だと決めつけているかのように聞こえる。

幸哉は、一瞬にして、かあっと頭に血を昇らせた。

「……俺を、馬鹿にしてるのか？」

「とんでもない。心配してやってるだけだ」

（嘘つけ）

冷ややかな視線に、冷笑を浮かべる口元。

小馬鹿にされて鼻で笑われるぐらいなら我慢してやってもいいが、この態度は許せない。

その冷ややかすぎる視線に冷やされるように、頭に昇った血も、すうっと冷えていく。

「今のおまえとは話したくない。――もう帰れ」

幸哉は、出口のドアを指差して厳しく命令した。

だが、秀人はまったく動じない。

「奇遇だな。俺も同感だ。あんたの中身が昔と全然変わってないってわかって、ちょうど話す気がなくなったところだ。――だが、こっちはどうだ？」

とん、と指先で軽く胸を突かれて、なにかぞっとした幸哉はよろっと後ろに下がった。

「なんだって？」

「この服の中身も、昔のままかって聞いてるんだよ」

「……な……にを……」

仄めかされている意味がわからないほど鈍くはない。

だが、それをなぜ問うのか、その意味がわからない。

好きなんだ、と馬鹿のひとつ覚えのように一途な想いを繰り返した唇は冷ややかな笑みを浮かべたままだし、熱っぽかった視線も冷ややかなまま。

今の秀人からは、かつての一途な恋情は欠片《かけら》も感じられないというのに……。

「確かめさせてもらおうかな」

くっと指先で顎を上向かされ、幸哉は条件反射的にその手を振り払った。

（こいつ、誰だ？）

ここにいるのは、幸哉が誰よりもよく知っていた可愛い弟分じゃない。

そう感じた途端、目の前にいる自分より一回り大きな男とふたりきりでいるのが急に怖くなった。

出て行けと命じても拒絶されたし、力ずくで追い出すことも無理だろう。

だったら自分から出て行くまでだと、きびすを返して出口に向かおうとしたが、背中を向けると同時に二の腕を摑まれて止められた。

「逃がさない」

「……っ」

ギリッと痛みを感じるほどに腕を強く握られ、一瞬狼狽えたところを、ぐいっと肩を抱かれて、引きずられるようにして襖が開いたままの寝室へと連れ込まれた。

そのままベッドに突き飛ばされ、のしかかられる。

力ずくで押さえ込まれ、キスされそうになった幸哉は、慌てて顔を背けて逃げた。

「ちょっ、待て！　止めろって！　本気で怒るぞっ!!」

怒鳴った途端、ピタリと秀人の動きが止まる。

「本気で怒る？　それが、俺に対する脅しになるとでも思ってるのか？」

「……え？」

「生憎だが、今の俺はあんたに怒られようが嫌われようが、もうどうでもいいんだ。『待て《ステイ》』と言われて大人しく言うことを聞いてた、あんたに従順な弟分はもうどこにもいないんだよ」

あまりにも冷ややかな視線と冷たい口調に、幸哉の息が詰まる。

(ヒデが、もういない？)

――ゆきちゃんが好きだ。

そんな一途な想いは、秀人にとっては一過性の熱病みたいなもの。

今もあの頃の気持ちのままでいるわけがないと、わかっているつもりだ。

それがわかっていても、幸哉はあの夜の記憶を大事にしてきた。

秀人と離れていた九年の間、幾人かに求愛されもしたが、本当の意味で受け入れることができた相手はいない。

普通にサラリーマンをやっていた時代に三ヶ月ほど真面目につき合ってみた女性もいたが、相手が真剣だった分だけ、きちんと向き合ってやれない自分自身に嫌悪感が募ってしまい、最後にはこちらから謝罪して別れた。

誰かを本当の意味で受け入れてしまえば、その分だけ秀人との甘い記憶が遠ざかってしまいそうで怖かったのだ。

単に、秀人以上に大切だと思えるほどの相手に出会えなかっただけかもしれないが……。

いつまでも引きずる、一夜だけの甘い恋の記憶。

そんな想いは自分の胸の中だけに留めておくつもりでいた。

一過性の熱病から醒《さ》めた秀人に、今さらその想いを打ち明けたところで、ただ虚《むな》しいだけだとわかっていたから……。

それでも、一緒に育ってきたあの楽しい日々の記憶さえあれば、お互いにもっと年を取った後、兄弟分としてつき合えるようになる日がくるかもしれないと期待はしていた。

だが秀人のほうは、兄弟分として一緒に育ってきたあの楽しい日々の記憶ですら、もうどうでもよくなっているらしい。

(拘《こだわ》ってたのは、俺だけだったのか)

懐かしい子供の頃の楽しい思い出。

そして、ずっと大事にしていた一夜限りのあの甘い恋の記憶。

家族がいない幸哉にとっては、郷愁を誘うただひとつの愛しい思い出だった。

だが秀人にとっては、さして意味のない、ただ肉欲だけに直結した記憶へと変貌してしまっている。

情の欠片もない冷たい視線が、その事実を雄弁に物語っていた。

離れていた長い月日の積み重ねが、ふたりの間に埋められない深い溝を刻み込んだのだ。

(……俺だけが)

甘い思い出に囚われたまま、ひとりぽつんと取り残されている。

母親は死に、弟分の心からもとっくの昔に追い払われた。

今の自分は、自分で思っていたより、もっとずっと孤独な存在になってしまっている。

(本当に……ひとりぼっちになってたんだ)

その事実があまりにも悲しすぎて、現実の痛みを伴って胸に迫ってくる。

ショックのあまり呆然としてしまった幸哉から、これ幸いとばかりに秀人は乱暴に服をはぎ取っていった。

脱がされたシャツでギリッと強く腕を縛られた痛みで、幸哉はやっと我に返る。

「ちょっ、なにしやがる!?」

「暴れられると厄介だから」

「解《ほど》け!」

「暴れないって約束するなら解くが、あんたの性格上それは無理だろ? 暴れられて、せっかくの綺麗な顔や身体に傷をつけたんじゃ興ざめだし……」

あんただって無駄に殴られたくないだろう? と至近距離で告げる秀人の唇には冷笑が浮かんでいた。

「……っ……」

その表情にぞっとした幸哉は、大きくぶるっと身震いする。

だが、腕を縛られた程度で大人しくなると思ったら大間違いだ。

完全に裸に剝かれた後も、幸哉は必死で暴れた。

逃れようと身をよじり、のしかかってくる身体を蹴飛ばしもした。

そんな幸哉の抵抗を、秀人は楽しげにあっさりと封じ込めていく。

「往生際が悪いな。いい加減、諦めたら？」

「うっせ。俺の上からどけっ！」

からかうようなその口調が気にくわなくて、本気で睨みつける。

「そんな顔しても、もう怖くなんてないよ」

秀人はそんな幸哉の顎を摑み、冷たい笑みを浮かべたままの唇を押し当ててきた。

舌が入ってきたら嚙みついてやろうと待ちかまえていたのに、どうやら察していたようで、それ以上のキスは仕掛けてはこない。

だったら隙を見て首か肩にでも齧《かじ》りついてやると考えていたら、それもお見通しだったようだ。

「歯形をつけられるのはごめんだな」

ぐるっと俯せにされて、肩胛骨《けんこうこつ》の間を手の平でぐいっと押さえつけられた。

「……ぐっ」

強い圧迫感に息が詰まる。

「変わってないように見えたけど、そうでもないか。昔はただ華奢な感じだったのに、今は全身に綺麗な筋肉がついてる。少しぐらい無茶しても平気そうだな」

花屋はそれなりに肉体労働を伴う職業だ。知らず知らずのうちにうっすらと綺麗に筋肉がついた幸哉の身体を眺めながら、秀人が嬉しそうに言う。

「……っ」

片手で背中を押さえつけたまま、もう片方の手が幸哉の背中をそうっと撫でていく。羽で触れられたようなその感触に、ぞくぞくっと幸哉の背中が震えた。

触れられたところから、怖気とは違う痺れるような甘い感覚が瞬時に広がる。

（くそっ）

幸哉は、勝手に声が漏れそうになるのをシーツに顔を押しつけて必死に堪えた。

「相変わらず、感じやすいんだな」

すすすっと降りていった指先に双丘を撫でられ、そこを指先で押し広げられると、一度だけ開かれたことのあるそこがびくっと反応した。

「もっと使い込まれた感じになってるかと思えば、こっちも綺麗なままか。――ジェルかなにか、潤滑剤になるものはどこにある？」

「んなものねぇよ！」

「切らしてるのか。……まあ、なくても俺は別にいいけど」

双丘を押し広げていた指が離れた。

ほっとしたのもつかの間、背中から覆い被《かぶ》さってきた秀人がその指で幸哉の唇に触れ、次いで、自らの口元に運ぶとべろりと舐める。

「あんたに舐めさせてやりたいところだが、指を噛み切られそうだからな」

そう耳元で囁き、自らの唾液で濡れそぼった指をわざと幸哉に見せつけてから、その指を双丘の谷間へと戻していく。

「……や…めろ……。――……っ！」

いきなり二本の指をぐいっと乱暴にそこに突き入れられ、幸哉は痛みに息を詰めた。

一応ほぐそうとはしているようだが、それは秀人自身の為の下準備であって、幸哉の快楽を引き出そうとしてのものではない。

なんの愛情もない相手への愛撫など無用とばかりに、乱暴に内部を押し広げようとするその指の動きは、幸哉に不快感しか与えない。

「堅いな。ご無沙汰《ぶさた》なのか？」

（くそっ。あれ以来だってのに……）

不様な呻き声を出さないよう歯を食いしばって耐えていた幸哉は、首を捻って振り向き、ただ秀人を睨みつけた。

「ああ、怖い顔しちゃって……。無駄な抵抗だと思うけどな。――あんたのこの身体は、いったん火がつくと途端に淫乱になる。すぐに自分から腰を振るようになるんだから、意地張らずに大人しく抱かれればいいのに」

だろう？　と、指を引き抜いた秀人が耳元で囁いた。

「うっせぇ！　おまえなんかに誰がっ！」

あの夜、思いがけず夢中になってしまったのは、一途に慕ってくれる秀人を幸哉自身も愛しいと思ったからだ。

冷たい視線を向けてくる今の秀人相手では、絶対にあんな風になったりしない。

ただ不快なだけだと、幸哉は思いっきり秀人を睨みつけた。

「まったく、素直じゃないな」

そんな顔見たくもないとばかりに、秀人にぐいっと首の後ろを押され、また顔をシーツに押しつけられた。

「意地を張れば張るほど、後で惨《みじ》めになるのはあんたなのに……」

話す声が徐々に遠ざかっていき、首を押さえていた手も離れていく。

秀人の両手に腰を摑まれ、引き上げられて、幸哉はぞっと全身に鳥肌を立てた。

(このまま挿れる気だ)

秀人が散々指で慣らしてくれたあの夜でさえ、あんなに辛かったのだ。

軽く湿らされただけで、ほぐすまでには至らない前戯だけで突っ込まれたりしたら、いったいどんなことになるか……。

想像しただけで恐ろしい。

「や、やめろよ。秀人、やめろってばっ!!」

「聞こえないな」

身をよじって必死で迫り上がろうとしたが、がっしりと腰を固定する手がそれを許さない。

両手の親指が双丘を押し広げ、熱いものがそこに押し当てられて……。

「ひっ……待て。待てってば……」

そして、怯えて竦む身体に、なんの容赦もなく熱い杭《くい》がねじり込まれた。

「――あああっ!!」

圧倒的なその力に、幸哉の唇からは堪える間もなく悲鳴が溢れ出た。

☆

目が覚めるとすぐ、寝ぼけたままの頭の中で今日一日のスケジュールを確認するのが幸哉の日課だ。

(今日は……配達が二件と、アレンジメントが一件。……いつも通りだ)

セミダブルのベッドの中央、いつものように抱き枕代わりのクッションを胸に抱き締め、くるんと丸まった姿勢のままでぼんやり考える。

だが、いつものように伸びをしようとした瞬間、身体の中心に鈍い痛みを感じて、一気に目が覚めた。

「……ってぇ」

一度意識した鈍い痛みは、なかなか去っていかない。

幸哉は、抱き締めていたクッションを顔に押し当て、じっと痛みの波が去るのを待った。

(畜生)

鈍い痛みと同時に、昨夜の記憶も一気に甦ってくる。

ろくな前戯もないまま力ずくで挿入され、強く揺さぶられて、あまりの痛みに悲鳴だけじゃなく涙まで零してしまった。

それだけでもう充分すぎるほどの屈辱なのに、その後、一転して優しくなった秀人の愛撫に、こともあろうに幸哉は感じてしまったのだ。

――ほら、やっぱりな。

堪えきれず甘い声を漏らすようになった幸哉を、秀人はあざ笑った。

――俺が言った通り、自分で腰を振るようになっただろ？

この淫乱、と耳元で囁かれても、いったん火がついた身体は止まらず、無我夢中で与えられる快感を追ってしまった。

意地を張れば張るほど後で惨めになるのはあんたなのに……とも秀人は言っていたが、まさにその通り。

いま幸哉は、死にそうなほど惨めな気分を味わっている。

（くそっ。……全部、あいつが悪い）

この九年でかなり経験を積んだのか秀人はかなり手慣れていて、快感を引きずり出す手段に長《た》けていた。

一方、幸哉のほうは、あの夜以来、抱かれることで得られる快感とはご無沙汰だったし、花屋として生きるようになってからのここ数年は、店の評判を考え変な噂が立たないようにと夜遊び自体避けていた。

手慣れた愛撫に流されてしまったのも、きっとそのせいだ。

（久しぶりすぎて、つい流されただけだ。仕方なかったんだ）

そう思おうとしているのに、耳元で囁かれた『淫乱』という言葉が脳裏から消えない。

あれは、秀人が幸哉を辱める為に囁いた言葉だ。

蔑《さげす》むような口調からそれがわかっているのに、乱れてしまった記憶があるせいか、その言葉を否定しきれなくてなんだか酷く惨めな気分になる。

クッションに顔を埋めたままひとしきり落ち込んだ幸哉の唇からは、やがて深く静かな溜め息が零れた。

（さっきから、なんの音もしねぇな）

いつものように自分がセミダブルのベッドの中央に眠っているところからしても、秀人は昨夜のうちに帰ってしまったようだ。

強姦《ごうかん》した相手とのんびり一緒のベッドで朝まで眠る気にはなれなかったのだろう。

（――そろそろ起きねぇと）

いつまでも落ち込んではいられない。

店舗の花の面倒を見てやらなきゃならないし、配達の準備だってしなきゃいけない。

仕入れのない日でよかったと思いながら、理性を総動員して気持ちを切り替える。

「……くそっ」

痛みを堪えてなんとか上半身を起こしたところで、ふとまずいことに気づいた。

（昨夜、中出しされたんだっけ……）

九年前のあの夜もそうだった。

立ち上がってすぐ、内股をぬるっと伝うあのなんともいえない感触に酷く狼狽えた。

気持ち悪い記憶を思い出して、幸哉はちっと舌打ちする。

立ち上がる前に少し拭《ふ》き取ったほうがいいだろうかと、恐る恐る後ろ手でそこに触れてみて、ギョッとした。

（綺麗になってる？）

そこは、さらりと乾いていて出されたものの痕跡がまったくない。

がばっと毛布をはいで自分の裸の身体を見下ろしてもそうだった。

太股や腹を汚していたはずのものが、綺麗にぬぐい去られている。

(あいつが綺麗にしてったのか)

昨夜、幸哉は激しすぎる久しぶりのセックスに疲れ切って、解放されるとすぐ後始末なんて考える間もなく、ただ泥のように眠ってしまった。

その後で、秀人が始末してくれたとしか考えられない。

無防備に眠っている間に、どんなことをされたのか。

中に出されたものをどうやって掻《か》き出しのかと考えると、恥ずかしいやらみっともないやらで堪らなくなる。

「余計なことしやがって……。昔は、なんにもしなかったくせに」

あのときの秀人は、あれが初体験だったから事後の後始末なんて思いつきもしなかった。

でも、今は違う。

愛撫は手慣れていたし、事後の処理にもぬかりがない。

秀人は、もう遊びに慣れた大人になったのだ。

その事実を、なんだか酷く悲しく感じている自分が、幸哉は軽くショックだった。

(十年近く経ったんだから、それも当然だろうに……)

もう初心《うぶ》な高校生じゃない。

昨夜自分を抱いていった秀人は、離婚歴もある歴《れっき》とした大人の男なのだから……。

深く溜め息をついてから、痛みを堪えてゆっくりと床に足をついて立ち上がる。

シーツだけでも洗濯しておこうと振り返り、ベッドの上にそれを見つけた。

枕元に散らばった数枚のお金を……。

「……なんだ、これ」

金でこの身体を買ってやったとでも言うつもりなのだろうか？

「この俺を、商売女扱いかよ」

あまりの怒りに、唇が小刻みに震える。

幸哉は、ぎりりっと強く拳を握りしめていた。

3

「さっきすっごい男前が来て、二階に上がって行きましたよ。鍵《かぎ》を預けてるってことは、お友達なんですよね？」

夕方、配達を終えて店舗に戻ってきた幸哉は、パートの由香の問いに、垂れた甘い目元をぴくっとひきつらせた。

ここの住居の鍵を持っている男前ならば、それは間違いなく秀人だ。

「ああ、彼なら友達じゃなく従兄弟《いとこ》ですよ」

正確には従姉妹の元旦那ということになるのだが、離婚話に食いつかれるとなにかと面倒なので、ちょっと省略してみる。

「従兄弟！　いーなぁ、美形一族だ」

あんな従兄弟、あたしも欲しいなぁ、などと由香がうっとり呟いている。

(やれるもんなら熨斗《のし》つけてやりたいところだっての)

幸哉は内心で悪態をつきつつ、こっそり眉をひそめた。

あの朝、ベッドに散らばる金を見て、目も眩《くら》むような怒りに見舞われたが、なんとか気持ちを切り替え仕事場である一階に降りた。

そこで幸哉は、いつもの場所に鍵がないことに気づいたのだ。

キーチェーンごと、住居と車の鍵が消えている。

昨日はバタバタしていたからもしかしたらと二階に戻り部屋を探してみたが、どんなに探しても鍵は見当たらない。

嫌な予感に襲われたが、開店まで時間がなかったこともあって、その日はとりあえず予備の鍵で間に合わせた。

そして三日後の夜、嫌な予感は当たった。

「……な……に？」

ぐっすり眠っていた幸哉が、肩にチリッと微かな痛みを感じて目を開けると、大きな黒い影が覆い被さっていた。

小さな常夜灯に浮かび上がるのは、彫りの深い男の顔。

「……秀人」

（やっぱり、こいつの仕業か……）

あの夜の帰り際、秀人が勝手にここの鍵を持ち帰っていたのだ。

まだ寝ぼけたままの状態で、自分に覆い被さっている秀人をぼんやり眺めていると、そんな幸哉を見て秀人が小さく笑った。

「相変わらず、ねぼすけなんだな。寝汚いところも変わってないし……。この間だって、後始末してる最中でも爆睡してるから呆れたよ」

後始末、という言葉で、幸哉の目が一気に覚める。

抵抗したにも関わらずあっさり犯され、それなのに感じて乱れてしまったことを淫乱だと馬鹿にされた。

それだけで充分大ダメージだったのに、枕元には幸哉を抱いた対価のつもりなのか金までもが置かれてあって……。

「退《ど》けっ！」

一気に頭に血が昇った幸哉は、覆い被さる秀人を押しのけようとしたが、重すぎてかなわない。

「また暴れるのか？　まあ、いいけどね。獲物は活きがいいほうが楽しいし」

「誰が獲物だ！　ってか、この間のあの金はなんなんだよ！」

「ああ、あれ。この綺麗な身体を使わせてもらったお礼だよ。足りなかったかな？——三十路なんだし、あれぐらいが妥当かと思ったんだが」

(人を商売女扱いした挙げ句、値切るってか)

「馬鹿にするなっ!!」

幸哉は、拳で思いっきり秀人の顔を殴りつけた。

この間もそれなりに抵抗はしたが、どうしても可愛い弟分の面影が脳裏をよぎってしまい、顔への直接攻撃だけはできずにいたのだ。

だが、さすがにここまで馬鹿にされては、そんな気遣いをする気さえ失《う》せる。

「俺を金で買えると思うな！」

もう一発殴ろうとした拳を、秀人は手の平でパシッと止めた。

さっき殴ったので唇を切ったようで、唇の端から零れる血を、ゆっくりと自らの舌で舐め取り、うっすらと笑みを浮かべた。

「金じゃなきゃ、なにが欲しいんだ？　宝石か、土地か？」

「なんで……そうなるんだ？」

どうやら秀人は、自分が金で抱かれる人間だと頭から決めつけたがっているようだ。

そう感じとって、幸哉は愕然《がくぜん》とした。

本気でそう考えているのか、それとも侮辱する為だけにわざとそう振る舞っているのか？

どちらかはわからないが、そこにあるのは確かな悪意だ。

幸哉の品性を貶《おとし》め、おまえはその程度の人間だと馬鹿にしたがっているとしか思えない。

（あんなに一緒にいたのに……）

ゆきちゃん、と一途に慕ってくれた幼い日の秀人はどこに行ってしまったんだろう？

共に育ってきた懐かしい弟分の思い出が本人の手で壊されていくようで、腹立たしさを通り越して、なんだか酷く悲しくなる。

「なにもいらねぇよ。俺の身体は売り物じゃない。頼むから、もう帰ってくれ」

「聞けないな。この身体に俺が飽きるまでつき合ってもらう」

今度は逃がさない、と独り言のように呟く唇に浮かぶ冷たい笑み。

愛情の欠片も感じられない冷たい目に、幸哉はぞっと身震いした。

「なんで、そこまで……」

ここまで冷たい目で見られるようなことを、自分はしたんだろうか？

確かに、なにも言わず唐突に消えたのは悪かったとは思うが、それだって仕方のない事情があったのに……。

「なあ、ヒデ……。少し落ち着いて話をしよう」

なにか怒っていることがあるのなら、こんな暴力ではなく言葉で伝えて欲しかった。

自分に非があるのならそれは謝るし、なにか誤解が生じているのならば、納得してもらえるまで説明もするから……。

そう告げるつもりで開いた幸哉の唇を、秀人は大きな手で強引に塞いだ。

「カウンセリングはもういい。あんたと話すことなんてなにもない。話したって、どうせむかつくだけだしな。——この身体だけ使わせてくれたら充分だ」

（身体だけって……）

かつて誰よりも大事にしていた可愛い弟分に、性欲のはけ口としてだけ利用される。

まるで、身体だけじゃなく、ずっと大切に胸に抱き続けてきたあの愛しい夜の記憶までもが同時に汚されるようで、それは堪らなく嫌だ。

「……ん……ん」

（嫌だ！）

幸哉はなんとかして逃れようと暴れた。

（……くそっ）

華奢な風体をしていても、決してひ弱なわけじゃないと自分では思っていたが、それでも体重の差はいかんともしがたく、押さえ込まれてしまうとどうしても身動きが取れなくなる。

「ハハッ、いいね、その焦った顔」

ちっとも楽しそうじゃない渇いた笑い声をあげながら、秀人は幸哉の必死の抵抗をあっさり抑え込んでいく。

「……ひっ」

不意に、ギリッと双球ごとそこを強く握り込まれて、痛みと本能的な恐怖に身が竦む。

「怯えた顔も案外色っぽいじゃないか。……悪くない」

もっと見せてもらおうかな、と見下ろしてくる秀人の口元には冷笑が浮かび、視線は冷たいままだ。

その冷たさに、幸哉は芯からぞっと身を震わせた。


抵抗しても結果は同じ。

けっきょく秀人の好きにされてしまう。

嫌だ嫌だと思っていても、熱い杭を打ち込まれて耳元に熱い息を感じ、お互いの肌が擦れると、内側からとろとろと身体が蕩《とろ》けそうなほどに熱くなってくる。

じわりと肌が汗ばみ、快感に身体が震える。

熱い吐息が零れる唇にそっと唇を重ねられると、自ら舌を差し出し、もっと……と甘美な刺激を求めてしまう。

回数を重ねるごとに幸哉の身体は秀人に馴染み、自分でも制御できない衝動に駆られて乱れるようになっていた。

そして秀人は、甘い愛撫に夢中になって秀人にしがみつく幸哉を、心底あざけるような冷たい目で見るのだ。

——あんたは本当にスキモノだな。

すべてが終わって正気に返った後、最中に耳元で囁かれたそんな言葉が脳裏に甦ってきて堪らなく嫌な気分になる。

不本意なセックスに、屈辱的なあざけりの言葉。

淫乱だ、スキモノだなんてあんまりな言いように、そんな風に言わないでくれと恥を忍んで懇願したこともあるが、秀人は聞いちゃくれなかった。

望んでもいない男に抱かれても感じてしまう身体をしている癖に、なにを今さら上品ぶっているんだ。男に抱かれるのが大好きなこの身体は、まさに淫乱そのものだと……。

(俺は、秀人しか知らないってのに……)

男に抱かれ慣れてなんかいない。

確かに、はじめてのあの夜から自分でも驚くほどに感じてしまっていたけれど、あれはその相手が秀人だったからだ。

誰よりも可愛い弟分、そして愛しい男へと変わりかけていたあの頃の秀人が相手だったからこそ、この身体もすんなりあの行為を受け入れ、甘く蕩けたはずだった。

それなのに今、大人になり冷たい目で見下ろしてくる秀人に抱かれても、この身体は熱くなる。

もしかしたら秀人の言うことのほうが本当なんだろうか？　などと、自分で自分を疑いたくなるほどに……。

だからといって、秀人以外の男と寝てそれを確かめるなんて真っ平ごめんだ。

飽きるまでつき合ってもらうと言っていた秀人は、一向に幸哉の身体に飽きる様子もなく、合い鍵を勝手に使って週に何度か幸哉を抱きにくる。

（いつまで、こんなことが続くんだか……）

幸哉は、秀人がいる二階を店舗の外から眺めて、深い溜め息をついた。

秀人が二階にいるのを知っていても、いつもと同じ時間に店舗を閉めた。

いつもと同じように伝票の整理をした後、髪からリボンを引き抜きエプロンを脱ぎ捨てて、ゆったりとした足取りで二階に上がる。

（……なんで俺は、あいつに大人しく抱かれてるんだ？）

どんなに必死で抵抗しようと、力でかなわないことは身に染みて知っている。

ならば、ベッドに追い込まれる前になんとかすればいいだけの話なのだ。

鍵を替えることもできるし、近場のホテルに避難することだってできる。

いざとなれば、独り身の身軽さを活かし、店を売ってどこか遠い地に逃げることだってできるはずだ。

それなのに、寄るな触るなと怒るばかりで、いまだに根本的な解決法を取る気になれずにいるのはなぜなのか？

今日だって、すでに秀人が二階にいるのを知っていながら、逃げるでもなく大人しく階段を上がってしまっている。

（けっきょく、俺自身があいつを受け入れたがってるのか？）

まるで、頑固な秀人相手に、『しょうがねぇなぁ』と、こっちが折れてやっていたあの頃のように……。

（……だったら、俺は馬鹿だ）

あの頃の秀人はもうどこにもいない。

それがわかっていても、その面影を捨てきれずにいるなんて、なんとも情けない話だ。

好き勝手してくれる秀人にはもちろん腹が立つ。

だがそれ以上に、この関係に終止符を打てずにいる自分自身に腹が立つ。

（なんだってこんなことになったんだろう？）

長い間、かつての秀人への想いを捨てきれずにいたように、大人になった今の秀人との繋がりを断てずにいるなんて……。

（俺は、こんな優柔不断な性格じゃなかったはずなのにな）

幼い頃から、大人達の思惑に理不尽に振り回され続けてきた。

そんな中でも、ただ流され自らを哀れむような真似はせず、自分の意志で自らの立ち位置をきっちりと決めてきたつもりだった。

それなのに、今はどうしたわけかそれができずに、秀人の次の出方を待ってばかりいる。

(あー、情けない)

そんな自らのふがいなさに、もはや呆れるばかりだ。

階段を上がり踊り場でひとつ深呼吸してから、幸哉はリビングに繋がるドアを開けた。

秀人と最初に顔を合わせる、この瞬間が酷く苦手だ。

よう、と気楽に挨拶する気分にはなれないし、なにしに来たんだと今さらわかりきったことを聞く気にもなれないからだ。

だから、顔を合わせるとすぐ思ったことをとりあえず口にしてみる。

「暇人」

「あ？」

勝手に珈琲を淹れ、幸哉の書棚から引っ張り出した写真集をソファで眺めていた秀人は、しょっぱなからの幸哉の喧嘩腰に怪訝そうに顔を上げた。

だが、すぐに腑《ふ》に落ちたように察して、「ああ、そうだな」と頷く。

「今日はたいした予定も入ってなかったからな。……ここで、あんたの声をずっと聞いてた」

「俺の声？」

なんでそんなものを聞きたがるんだろう？

秀人と離ればなれになったばかりの頃、どうしても声が聞きたくなって、電源を入れてはいけない携帯を握りしめていたことがある。

そんな記憶を思い出して少し胸が苦しくなった。

が、その直後、「けっこう笑えた」という小馬鹿にしたような秀人の声に息が詰まる。

「いらっしゃいませー、ありがとうございましたーって、誰彼構わずに甘い声で媚《こ》びを売りまくって……。安売りしすぎなんじゃないか？」

「媚びなんて……売ってない」

ひとりきりでは笑う気力も生きる楽しみも見出せなかったから、花を介して人から笑顔をわけてもらっているだけ。

素の自分のままだとうまく笑えないから、髪に花束用のリボンをつけて、自分自身も花束になったつもりでいるだけ。

そうやって無理にでも笑っていなければ、ひとりきりの寂しさに耐えられなかっただけなのに……。

（よりによって、おまえにそんなことを言われるなんて……）

母親をなくした今となっては、ただひとり残った大切な存在。

もう一度、あの楽しかった日々を取り戻せたらと思わない日はなかったのに……。

（言っても無駄か）

こっちを見返す秀人の小馬鹿にしたような態度が、それを物語っている。

ひとりきりの寂しさを紛らわす為に、今こうして花屋をやっているのだと告げても、きっと信じてはもらえない。

あんたはそんな人間じゃない、ただ媚びを売っているだけだと小馬鹿にされて、心を踏みにじられるだけだ。

「……自分はどうなんだよ」

幸哉は溜め息をひとつついてから、聞き返した。

「あ？」

「おまえだって、客商売やってるんじゃないのか？」

「ああ、接客は店員達に任せてる。個人的につき合いのある客とは、それなりに対等の立場でやらせてもらってるよ。……少なくとも、こっちから媚びを売って高額商品を売りつけたことはないな」

「そうか」

(ちゃんとうまく商売やれてるんだな)

よかったなと、感じてしまう自分自身に対して幸哉はなんだか呆れてしまった。

小馬鹿にされてプライドを踏みにじられているというのに、秀人の成功を喜んでしまう自分がいる。

（我ながら、馬鹿だ）

幸哉は、秀人から顔を背けて自嘲気味に笑う。

「……なに笑ってるんだ？」

その笑みを違った風に誤解したらしい。秀人がつかつかと歩み寄ってきて、ギリッと二の腕を摑む。

「ちょっ、痛いって……。馬鹿にしたわけじゃないんだ。仕事がうまくいってるようでよかったって思っただけだ」

おまえ偉いよ、と素直な気持ちを告げると、秀人は眉根に皺を寄せ、軽く舌打ちを零した。

「また上から目線か。……あんた、自分の立場がまだわかってないみたいだな」

「え？　あっ……」

しまった、と思ったときにはもう遅く、摑まれたままだった腕を引かれるまま、寝室に足を踏み入れていた。

「あんたは今、俺に買われてるんだ」

ベッドに突き飛ばされ、上からのしかかられて目を覗き込まれる。

「そこら辺をもっと自覚して、媚びを売るぐらいしたほうがいいんじゃないか？」

「俺は、自分を売り物にした覚えはねぇぞ」

覗き込んでくる強い目にぞっと肌が粟《あわ》だったが、負けじと幸哉は睨み返した。

「毎度毎度大人しく抱かれてる癖に。今さら、意地を張ることもないだろ」

「大人しく抱かれてなんかない！」

放せ、こら！　といつものように暴れて、いつものようにあっさり押さえ込まれる。

「で、今日はどこを縛って欲しいんだ？　この間は右手右足だったから、今日は反対側にするか？」

緩めていたネクタイを外しながら、秀人が聞いてくる。

「嫌だっ！　秀人‼」

「よく言うよ。喜んでるくせに……」

「喜んでなんかねぇよ！」

止めろと暴れても、やっぱりいつものように押さえ込まれて、あっさり自由を奪われてしまう。

「……やっ……やめろって。……あっ……嫌だ」

最初のうちは触れてくる手をいちいち拒絶し、キスを拒んでいるものの、巧みな愛撫に快楽を引き出され肌が汗ばむ頃には、もうなすがままになってしまう。

秀人から強引に引き出された蕩けるように甘い快感の前では、プライドなんて無意味だ。

快楽を求めようとしても縛られて自由に動けない歯がゆさに、解いてくれと懇願してしまうぐらいなのだから……。

「秀人……ヒデ、これ、やだ……も……解けってば……」

お願い、と甘えた声を出す自分自身を、馬鹿言うなと辛うじて残った理性が叱《しか》りとばしても、腕をほどかれるとすぐ、秀人の身体に自らしがみついてしまう。

離れていた九年間の孤独を埋めようとでもいうかのように、もっと欲しい、もっとしてと、秀人の肌に唇を這《は》わせ、自ら上になり腰まで振って……。

(……淫乱)

脳裏で辛うじて残った理性が呟く声がする。

違う、とはもう言えなかった。

逃げられるのに、その策を講じようとしないのは自分自身。

こうなることがわかっていて、この部屋に入ってきたのもそうだ。

押さえ込まれてゾクッとしたのは、これから起こることを恐怖してのことではなく、むしろ期待したから……。

そんな自分を嫌悪しているのに、ここから離れることはどうしてもできない。

(…………最悪)

自嘲気味に笑んだ唇に、秀人の唇が押し当てられる。

「……んんっ……ふ……」

深く唇を合わせ舌を絡め合い、汗で滑る熱い肌に無我夢中で指先を食い込ませて。

「ヒデ……秀人……ああっ……」

内側に感じる秀人の熱さをもっと感じたいと、自ら身体を揺らし、甘く締め上げてその硬さを楽しむ。

とろとろと身体が蕩けるような喜びに、やがて思考も理性も完全に奪われて、残るのはただ肉欲だけに支配された熱い身体ばかりになる……。

4

フリースタイルの社員達が計画した、社長の養子縁組を祝うサプライズパーティーは、想像以上に大がかりなものだった。

花屋としての仕事を終え、手伝ってくれたパートの由香《ゆか》をワゴン車で店舗に帰してから、持参したスーツに着替えてパーティーに参加した幸哉《ゆきや》は、その規模にちょっと驚かされた。

（これって、ホントにサプライズパーティーなのか？）

社長のごく親しい人達ばかりを集めたパーティーだろうと思っていたのに、取引先の企業のお偉いさん達までもが招待されていたのだ。

「……度胸あるなぁ」

昔に比べればカミングアウトする人が増えたとはいえ、同性愛に対して批判的な人達だって変わらずにいるだろう。

同性婚を公表することで、取引先から切られる心配だってあるかもしれないのに……。

立食形式のパーティーでシャンパングラスを傾けていた幸哉は、人々の輪の中で華やかに微笑《ほほえ》んでいる社長とそのパートナーの姿を眺めながら感心してしまう。

「度胸あるって、誰のことです？」

「うっわ！」

いきなり、やたらと艶《つや》のある低い声が耳元で響いて、幸哉はぞわわっと鳥肌を立てる。

振り向いた先には、いつもと同じ飄々《ひょうひょう》とした笑みを浮かべる十和田《とわだ》の姿があった。

「十和田さん、普通に話しかけてください」

甘い目元をひきつらせながら苦情を言うと、十和田は軽く肩を竦《すく》めた。

「失礼。驚かせるつもりじゃなかったんですが……。──で、誰が度胸があると？」

「天野《あまの》社長のことです。まさか取引先の人達まで招待しているとは……。っていうか、これって、すでにサプライズパーティーじゃないですよね？」

「最初はそのつもりだったんですが、あの馬鹿《ばか》共がはしゃぎすぎましてね。早々に社長にばれてしまったんですよ。……で、一騒動ありまして」

「一騒動？」

なにやら楽しそうな雰囲気を感じて、幸哉は浮き浮きと身を乗り出した。

「社長の養子縁組自体が、うちの能天気な馬鹿共の勘違いだったんです。まあ確かに数年後に養子縁組する予定はあったらしくて、その手の話をあのふたりが戯れにしているのを耳にした馬鹿共が勘違いしてしまったようで」

養子縁組の日にちをどちらかの誕生日に合わせるか、それとも出会った日にしようか？などと、恋人同士のたわいない会話を聞きつけた社員達が、これは一大事だと、勘違いしたまま大はしゃぎしてしまったのだ。

「で、この企画を知ったうちの社長が、パーティーの準備を進めてるのなら、ちょうどいい機会だから、この際さっさと養子縁組してしまおう。ついでに取引先も招待してしまおうと言い出しまして」

「勘違いを本当にしちゃったんですか。……う～ん、やっぱり度胸ありますねぇ」

しみじみ感心していると、「ちょっと違うと思いますよ」と十和田が言う。

「度胸とかじゃなく、単にうちの社長がお子様なだけです」

「はい？」

「ご存じの通り、うちの社員は能天気な馬鹿ばっかりでしょう？　それを集めた社長も似たりよったりなんですよ」

見た目はこの上なく上物なのに、実に惜しい……と、十和田が心底残念そうに言う。

「そんなだから、わざと取引先を招待したりするんです」

「わざと……ですか？」

「人の噂《うわさ》やなんかで同性婚の事実が伝わって、こそこそと様子を探られたり、理由も告げられずに契約を切られたら不愉快だから……ってところじゃないですか？　それぐらいだったら、こっちからばらしてやって、それで嫌な顔をする会社とは即座におつき合いを解消しちゃおうって魂胆なんでしょう」

「……取引先が減るのはさすがにまずくありません？」

不況のご時世だけに、取引先の減少は、そのまま企業の衰退に繋がりそうなものだが……。

「大丈夫です。うちの社長のバックにはかなりの大物がついてますから……。仕事上では絶対に甘えないとか言ってますけど、危なくなったら、ほっといても向こうのほうからフォローしてくれるでしょうよ」

「そうなんですか」

（仕事上では甘えないってことは、つまりプライベートじゃ甘えてるってことか。パトロンみたいな感じなのか？　あ？　でも、社長はあの隣にいる青年と養子縁組したんじゃ……）

フリースタイルの社長が華やかな美貌《びぼう》の持ち主なだけに、幸哉がついついそっち系の想像をして、んん？　と悩んでいると、「なにか勘違いしてませんか？」と十和田に笑われた。

「先輩後輩というか――まあ、仲のいいお友達です」

「あ、そうですか。そうですよね。……すみません」

自分の下世話すぎる想像が恥ずかしい。幸哉は真っ赤になって謝った。

「それにしても、フリースタイルの社員のみなさんが、この手の話題に理解があって本当によかったですよね」

養子縁組しようかという話を盗み聞いて即座に同性婚と理解し、更にサプライズパーティーでお祝いしようとみんなで考えるだなんて、かなりおおらかだと思わずにはいられない。

そこそこ人数がいる会社だから、中には同性婚に拒絶反応を示す者がいそうなものなのに、不快そうな態度を見せる者もいない。

これは、奇跡的なことなんじゃないだろうか？

幸哉がそう指摘すると、「すでにふるいにかけた後なので」と十和田が軽く肩を竦めた。

「ふるい？」

「そう。少数ですがいたんですよ。俺がカミングアウトしたとき、わざと露骨に不愉快そうな顔をした社員が……。で、まあ、楽しく働けないようなら辞めてもらっても構わないと社長が言い出しまして」

他人の趣味が気にくわないからといって、わざわざ不愉快そうな顔をしてみせる無礼な人間とは一緒に働いても楽しくない。

はっきりとそう言われて、居辛《いづら》くなって辞めた社員が数人いるのだとか……。

「あれには俺もちょっと驚きましたよ。自分もゲイだというんならともかく、あの当時の社長は、まだノーマルだったはずですから」

「そういうのって、わかるものなんですか？」

「まあ、お仲間はなんとなく……」

「凄《すご》いな」

（だったら、今の俺はどんな風に見えてるんだろう？）

望まないこととはいえ、二日と空けず男に抱かれて乱れまくっている今の自分は、以前とは変わってしまっているのだろうか？

好奇心を覚えた幸哉は、「じゃあ、僕はどう見えます？」と思い切って聞いてみた。

「正直言って、わかりません」

幸哉の問いに、十和田はまた肩を竦める。

「花のように綺麗《きれい》で見つめているとふらっと惹《ひ》きつけられるんですが、あなたからは俺みたいな趣味の男を誘う香りは感じないので……。本気で誘惑していいものかどうか、判断に迷いっぱなしです」

「そうですか」

スキモノだの淫乱《いんらん》だのと秀人《ひでと》に吹き込まれ続けて、自分でもちょっと不安になっていただけに、十和田のこの言葉にはなんだかほっとした。

「で、どうです？」

「え？」

「誘惑してもいいですか？」

一歩前に出て近づいてきた十和田に、軽く細めた目で瞳《ひとみ》を覗《のぞ》き込まれる。

いつも仄《ほの》めかすばかりではっきりと誘われたのははじめてだったので、幸哉はちょっと狼狽《うろた》えた。

「僕の……どこが気に入ったんですか？」

「もちろん、その花のように綺麗なお姿ですよ」

十和田が迷わず即答する。

（ヒデとは違う）

――ゆきちゃんの見た目だけに騙《だま》されるわけないだろ？

かつて、秀人がまっすぐな目でそう言ってくれたのを思い出し、少し胸が痛む。

「好みのタイプだったってことですか……。外見の綺麗さで言ったら、社長とかもタイプでは？」

「外見だけなら……。でも、中身がちょっとね。俺の好みは、しっとり柔らかな雰囲気の美人なので……。それに、決まった相手がいる人にはちょっかい出しません」

（……しっとり柔らか）

それを聞いた途端、幸哉は我慢できずブッと吹き出してしまっていた。

「大貫《おおぬき》さん？」

「あ、すみません。いえ、あの……こう言っちゃなんですが、僕、いま猫被《かぶ》ってますよ？」

「猫……ですか？」

正確には、おっとり優しげな花束をイメージしているのだが、似たようなものだろう。

「はい。実際は、俺様気質で我が儘《まま》で短気なへそ曲がりなんです。――ついでに言うと、決まった相手もいますよ」

身体《からだ》だけの関係だが、嘘《うそ》は言っていないだろう。

「そうなんですか……。それは残念」

十和田は、すっと身体を引いて幸哉と距離を取ると、心底残念そうに溜《た》め息をついた。

「見事に騙されてくれて、ありがとうございます」

おっとり微笑みかけると、「どういたしまして」と軽く唇の端を上げる。

（軽いんだか、大人なんだか……）

どちらにせよ、あっさり引いてしまえるのは本気じゃないからだ。

幸哉はスムーズに終了した会話にほっとして、シャンパングラスに唇をつけた。


パーティーは無事に終了した。

以前とは異なり、明らかに社交辞令とわかる口調で送りましょうかと言う十和田に、やんわりと断りを入れ、ひとり電車で家路につく。

（ああ、久しぶりに楽しかった）

能天気な社員達が企画したお馬鹿なゲームに強引に誘われてびびったりもしたが、ああいうのは実際にやってみるとけっこう楽しいもので随分と笑わせてもらった。

プライベートで気鬱《きうつ》なことがあるだけに、あの社員達と一緒にはしゃいで大笑いするのはいい気晴らしにもなった。

(天野社長も、本当に楽しそうだったな)

さすがに、能天気な社員達のように大口を開けて笑うことはなかったが、その冷たくも見える硬質な美貌に、いつもよりずっと柔らかな微笑みを浮かべていた。

最初のうちは少し緊張気味に見えたパートナーの青年も、社長の隣でずっと楽しそうに微笑んでいた。

堂々と寄り添い合う、ふたりのその姿。

その態度は、自分が得たパートナーをなにより得がたいものと思い、誰にも恥じることはないと宣言しているように見える。

(俺だったら、きっとあんな風に堂々とはできないな)

偏見はない、抵抗はないと言いながら、幸哉はその手の話題に過剰なほど反応してしまう。

自分自身も男に抱かれている癖に、それをよいしょと棚上げまでして……。

それはきっと、同性相手の恋愛が普通のことではないと幸哉自身が思い、身構えてしまっているせい。

だからこそ、彼らのように堂々と振る舞える自信がないのだ。

高校生だった秀人に、『俺が好きなのは、ゆきちゃんだ』と言われたときもそうだった。

あの直後、幸哉は自分に集中した伯父一家の視線から、とりあえず無言で逃げた。

その後、伯父からどういうことだと詰問されたが、あれは秀人の一時的な気の迷いだと適当にあしらった。

あの頃の秀人が、本気で自分を好いていてくれることを知っていたのに、その事実をなんとかして誤魔化《ごまか》そうとばかりしていたような気がする。

(あの頃の俺は臆病《おくびょう》だったんだな)

周囲から偏見の目を向けられるのを、無意識ながらも恐れていたんだろう。

秀人が真剣だと気づいていながら、きちんと向き合おうとせず逃げたのも、そのせいかもしれない。

あの頃の秀人は直情型の正直者だったから、自分が秀人の想いを受け入れてしまえば、その態度だけで伯父一家や使用人達にふたりの関係は知られてしまっていた。

知られた後の周囲の反応が怖かった。

同性同士の恋愛なんてと冷たい目で見られるかもしれない。

年下の少年をたぶらかしたのかと責められるかもしれない。

普通じゃない、変だと、非難されるのが嫌だった。

伯父の家を出た後でなら、秀人の想いを受け入れてやってもいいだなどと考えていたが、それだって今から思えばただの逃げだ。

周囲に常に人がいるあの屋敷を出てしまえば、ふたりの関係に気づく者もいなくなる。誰からも責められず、冷たい目で見られることのない環境でなら、素直な気持ちを表に出すことも怖くないから……。

だが、秀人は違った。

誰になにを言われても気にせず、ただ一途な想いを幸哉に向けてくれていた。

誰に知られても構わないと、堂々と幸哉に好きだと告げてくれた。

(それなのに、俺は逃げてた)

好きだと言われた直後は戸惑いのほうが大きかったが、熱っぽい視線を向けられているうちに、幸哉の気持ちも確かに恋へと傾きはじめていたのだ。

だが、それを認めてしまったら面倒なことになると、故意にその気持ちから目をそらそうとばかりしていた。

秀人は周囲から戸惑いの目を向けられても、自分の心を偽ろうとはせず、ひとりで戦っていたのに……。

(俺は、秀人に酷《ひど》いことをしたんだな)

あの頃の自分に、同性同士の恋愛に踏み込む勇気がなかったことを秀人は気づいていただろうか？

恋愛感情云々《うんぬん》ではなく、それ以前の段階で怯《おび》えて足踏みしてしまっていたことに……。

今さら気づいたところでなにもかもが手遅れだ。

一途な想いを向けてくれていた秀人はもうどこにもいない。

だから、もう謝ることすらできない。

電車を降り、考え事をしながらゆっくりと家路についていた幸哉は、辿《たど》り着いた店舗の二階に灯《あか》りがついているのを認めた。

(また来てるのか)

最初の頃は週に一、二度程度だったのに、最近の秀人は下手《へた》すると連日の勢いで押しかけてくるようになっている。

最近幸哉は、秀人が来ても以前のようには抵抗しなくなった。

無駄な抵抗は虚《むな》しいだけだし、繰り返される秀人との熱い夜を自分が心底嫌がっていないことを自覚してしまったからだ。

だからといって、諸手《もろて》を挙げて秀人を歓迎してはいない。

もちろん、今の秀人に対してなんらかの想いが芽生えたわけでもないと思う。

新たな想いを育《はぐく》めるほど、今の秀人のことを幸哉は知らないからだ。

(あいつ、いまだに理由を言わねぇし)

なぜそんなにも自分を蔑《さげす》み、貶《おとし》めようとするのか。

その理由を何度も聞こうとしたが、その度《たび》に秀人は実力行使に出て、快楽に弱い幸哉の弱点をついて話を煙《けむ》に巻く。

そのさまは、まるで秀人自身が、その理由から目をそらそうとしているかのようだ。

抵抗することを止《や》め、抱かれることを許容するようになってからの幸哉は、秀人が側にいてもさして苛立《いらだ》つことがなくなり、蔑みの言葉を向けられても怒ったり突っかかったりせず、さらりと受け流せるようになった。

秀人はというと、相変わらず不機嫌そうで投げやりな態度を崩《くず》さず、幸哉に対して蔑みの言葉を口にするのも止めない。

(変な話だな)

加害者である秀人のほうがなんだかいつも辛そうで、徐々に追い詰められていっているように見えるなんて……。

これじゃ、あべこべだと、幸哉は首を傾《かし》げた。

★

幸哉の部屋のキッチンカウンターには、花束用のクリアケースが置かれてある。

その中には、幸哉を抱く度に秀人が無理矢理置いていっている金がこれみよがしに貯めてあった。

(随分貯まったな)

秀人は、けっこうな金額に達しているだろうケースを眺め、酷く嫌な気分になった。

これが一杯になったら、おまえ名義でどこぞに寄付して領収書を貰《もら》ってきてやると幸哉は言う。

抱かれることで金を貰う気はないという、幸哉なりの意思表示らしい。

(今さら取り繕うこともないだろうに……)

まだ高校生だった秀人をぬか喜びさせた翌朝、幸哉は最低なやり方で裏切ってくれた。

それは今でも思い出す度に、身体中の血を冷やすほどの嫌な記憶だ。

正直、幸哉のことなど思い出したくなかったし、二度と関わり合いになどなりたくなかった。

この九年もの間、幼い日の記憶は封印し、幸哉を思い出させるものは故意に遠ざけ、ずっと幸哉の存在から意識をそらして生きてきた。

仕事はそれなりに成功していたし、ベッドの無聊《ぶりょう》を慰める気楽な遊び相手も幾人かいる。

他人から見れば羨《うらや》ましがられるような生活を送っているはずなのに、秀人はそれらに本当の意味で満足したことがない。

なにを手に入れても、本当には楽しくない。

どこか空虚で、いつも虚しい。

そんな生活の積み重ねが、秀人に投げやりな雰囲気を与えた。

自分の人生に足りないものはなんなのか、それを追究しようと思ったことはない。

考えずとも、答えはわかっている。

それを手に入れたところで、もうなんの意味もないってことも……。

（あいつは信用できない）

あの夜抱き締めた、蕩《とろ》けるように熱くて甘い身体。

手に入れたと思った翌日には、手酷い裏切りが待っていた。

二度と関《かか》わり合いにならないつもりだったのに、それを玲奈《れいな》が台無しにした。

離婚が決まって家を出る直前、彼女は幸哉の現住所を書いたメモを強引に秀人の手に握らせたのだ。

即座に破り捨ててゴミ箱に捨てたが、一度目に焼きついてしまった文字列は記憶にこびりついて消えてくれず、気がついたら衝動的にここまで来てしまっていた。

再会したあの日、なにしに来たんだと幸哉は聞いたが、秀人の中にその答えはない。

会いたくなんかなかったし、話もしたくなかった。

それなのに、なぜ自分の足でここまで来てしまったのか……。

かつて熱望した身体をもう一度強引に抱き、散々嬲《なぶ》ってやって屈辱に唇を噛《か》むその姿を見れば、少しは溜飲《りゅういん》が下がるかと思って試してみたが駄目だった。

苦痛に泣き、屈辱に震える身体を抱いても満足感を得られるのは一瞬で、すべて終わった後に残るのは妙な後味の悪さばかりだ。

だったらもう関わるのは止めようと思っても、やっぱり気づくとここに足が向いている。訪れる間隔は徐々に狭まり、抱く回数は増えるばかり。

(まるで、質《たち》の悪いクスリにはまったみたいだな)

悪酔いするし、効果が切れると最低最悪の気分になるのがわかっているのに、中毒になってしまってどうしても手放せない。

それを続けることで、自分が取り返しがつかないぐらいにボロボロになることもわかっているのに……。

(——帰ってきたか)

ソファに座り考え事をしていた秀人は、階下から聞こえてくる玄関を開ける音に耳をすませた。

トントントンと階段を上がる軽い足音が聞こえて、リビングのドアが開く。

「何時から待ってたんだ？」

部屋に入ってくるなり幸哉が唐突に聞いてきた。

三時間以上も待っていたなんて言えるはずもなく、秀人は無言でただ肩を竦める。

「珍しく洒落《しゃれ》た格好をしてるんだな。——誰と会ってきたんだ？」

いつもと違う華やかなスーツ姿の幸哉に聞くと、今度は幸哉が肩を竦める。

(俺なんかに教える義理はないってことか)

あの頃もそうだった。

幸哉は、屋敷の外での人間関係を、秀人に一切教えようとはしなかったから……。

だが、そんな秀人の予想は外れた。

「取引先の会社社長の結婚披露パーティー……みたいなもんに行ってきたんだよ」

ほら、引き出物、と幸哉は秀人の座るソファに持っていた紙袋を置く。

「似顔絵入りの紅白まんじゅうと、ベネチアンガラスのワイングラスだってさ」

「……随分と妙な取り合わせだ」

「パーティーの内容もかなり妙だったぜ」

よっぽど楽しかったようで、幸哉がふっと垂れた目元を珍しく和ませて、思い出し笑いをする。

(懐かしい表情だ)

昔、一緒に暮らしていた頃の幸哉は、よくそうやって垂れた目元を甘く和ませていた。

幸哉がそんな甘い表情を見せるのは秀人の前でだけで、他の人の前ではたいていふてぶてしく見える仏頂面をしていたように思う。

自分だけが特別扱いされているようで、それがとても嬉《うれ》しかったのを覚えているから……。

だが、今ではその逆で、幸哉は秀人の前では滅多《めった》に目元を和ませない。

花屋の店先では、客相手にただであの魅力的な微笑みを振りまいているというのにだ。

それが気に入らない秀人は、自分に向けられたものではない微笑みを消すべく、「脱げよ」と声をかけた。

目論見通り、幸哉の目元からすっと甘さが消える。

「……シャワーを浴びてくるから、ちょっと待て」

「そのままでいい」

秀人はバスルームに行こうとする幸哉を腕を摑《つか》んで引き止めると、強引に唇を奪った。

幸哉は一瞬身体を強《こわ》ばらせたが、すぐにふっと力を抜く。

最近の幸哉は、秀人がなにをしても抵抗しない。

舌を嚙み切られる心配もないから、安心して最初から深いキスを仕掛けることもできる。

（……つまらない）

往生際が悪い、どうせすぐによくなるくせに無駄なことをするなと散々馬鹿にしてきたが、実際に抵抗されなくなると肩すかしをくらったようでなんだか気が抜ける。

抵抗しなくなったからといって、幸哉がこの関係を喜んで受け入れたわけじゃないのは、その達観したような冷静な態度からよくわかる。

（やっぱり、こいつも少しは変わったんだな）

以前の幸哉は、こんな達観したような態度は決してみせなかったし、ずるずると望んでもいない関係を続けるような真似《まね》だってしなかった。

昔のままの幸哉だったら、なにもかも捨てることになったとしても、きっとここから逃げ出し行方をくらましていたはずだ。

俺様で単純で、だからこそ、これが駄目ならこっちと、あっさり気持ちを切り替えることができる人だったから……。

逃げ出さないのは、この店が惜しいからだろうか？

(耐えて我慢されるより、まだ睨《にら》みつけられていた頃のほうが楽しかったな)

暴れる身体を押さえつけ抵抗を封じ込めることができれば、征服欲だけはそれなりに満足する。

だが、今の無抵抗の幸哉を押さえつけたところで虚しいだけ。

抵抗もされず、ただじっともの問いたげな目で見つめられると、逆にこっちが追い詰められたような気まずい気分になる。

それなのに手放せないのだから困ったものだ。

「……んっ……ん……」

ベッドに移動して乱暴に服をはぎ取り、前回の痕《あと》がまだ消えていない白く滑らかな肌をきつく吸い、もう一度しっかり痕をつけ直していく。

肌に与えられる微《かす》かな疼痛《とうつう》に、幸哉の眉根《まゆね》はひそめられ、同時に唇からは甘いくぐもった声が零《こぼ》れはじめた。

（スキモノめ）

ほんのちょっとの刺激で甘く震え出す身体が妙に腹立たしくなって、秀人は幸哉の肌から唇を放して、上半身を起こした。

「……どうした？」

唐突な中断に、不思議そうな顔で幸哉も起き上がる。

気乗りしないんなら、さっさと帰れとでも言うかと思ったのに、「おまえ、顔色悪いぞ」と幸哉は思いがけず優しい言葉を口にした。

「少し痩《や》せたみたいだし……。玲奈が出て行ってから食事はどうしてるんだ？　ちゃんと食ってるか？」

やけに心配そうな顔をして、かつて一緒に暮らしていた頃と同じ仕草で髪をくしゃっと撫《な》でてくる。

（なんだって、こう……）

一緒に育ってきただけに、幸哉が本心から心配してくれているのがわかる。

それだけに、余計に腹立たしかった。

幸哉のこの優しさは、よその家で放置されている犬を、気紛《きまぐ》れに可愛《かわい》がるのと同じようなものだ。

自分が興味のある間だけ、散歩に連れ出し面倒を見る。

そして他に夢中になれる対象が見つかれば、元々自分にはなんの責任もなかったんだとばかりにポイと無情に捨て去っていってしまうのだ。

唐突に置いていかれたほうがどんな気持ちになるか、きっと考えたこともないんだろう。

苛立った秀人は、「あんたには関係ない」と、髪を撫でる幸哉の手を払った。

「心配してくれるんなら、俺が無駄な体力を使わなくて済むようにしてくれよ」

「なに？」

「俺のを咥《くわ》えて使えるようにしてから、自分で挿《い》れろって言ってるんだ」

それぐらい慣れたものだろう？　とわざと小馬鹿にしたように言うと、幸哉はむっとしたように眉根を寄せ唇を微かに歪《ゆが》めた。

(怒って怒鳴るか、それとも殴りかかってくるか)

秀人は、幸哉の反応を楽しみに待った。

だが、幸哉はそのどちらの行動も取らない。

代わりに、すっと秀人から視線を外しながら、深い溜め息をついた。

「……ったく、しょうがねぇなぁ」

独り言のように小さく呟《つぶや》くと、秀人のベルトに手をかけ、言われたようにその股間《こかん》に顔を埋《うず》めてしまう。

なんの迷いもなく動いたわりに、微かに赤らんだ顔には少し緊張気味な表情が浮かんでいるし、奉仕する仕草は妙にぎこちない。

(なんで今、それを言うんだ?)

——しょうがねぇなぁ。

そんな懐かしいフレーズを耳にした秀人は、幸哉を呆然《ぼうぜん》と眺めていた。

頑固だった自分の言い分を幸哉が聞いてくれるときの、かつての常套句《じょうとうく》。

ふたりして意地を張り合ってても意味がない。年上の自分がしょうがねぇから折れてやる、感謝しろよ、と、よく偉そうに言われていた。

幸哉が自分の頑固さを許してくれる度、その分だけ好かれているような感じがして嬉しかったのを覚えている。

(今もまだ、兄貴分ぶって俺を甘やかしてるつもりなのか?)

急に抵抗しなくなったのは、そのせいだったのだろうか?

頑固な自分の気が済むまで、黙って抱かれてやるとでも思っているのか?

(俺をあっさり捨てていった癖に……)

今さらそんな風にされても、ちっとも嬉しくなどない。

秀人は、腹立たしい気持ちで、ぎこちなく奉仕を続ける幸哉の髪に手を伸ばした。

★

「……っつ」

熱いお湯が肌に染みて、幸哉はシャワーの温度調節を少し下げた。

(乱暴しやがって……)

思いっきり抵抗していた頃ならともかく、ここ最近は乱暴に扱われたり縛られたりすることもなくなっていたのに、今日の秀人はなにが気に障ったのか途中から急に乱暴になった。

いきなり髪を鷲《わし》づかみにされて引っ張られ、肌に血が滲《にじ》むほど肩に歯を立てられた。

痛みを感じるほどに腕をねじり上げられたし、自分だけに都合のいい体位を求めて強引に身体を折り曲げさせられたりもした。

こちらの快感はまったくお構いなしで、まるでもの扱いだ。

(いったいなにが気に入らなかったってんだ?)

大人《おとな》しく要求に従ってやっているのに、あの扱いはあんまりだ。

しかも、散々好き勝手した癖に、終わった後の秀人は全然すっきりした風ではなく、逆にいつもよりずっと不満げな顔をしていた。

八つ当たりの道具としてこの身体を使われたのだとしたら、まったく役に立たなかったってことなんだろう。

痛い目を見させられた分だけ、こっちは丸損だと文句を言ってやりたいところだが、そんな扱いをされてなお幸哉の身体はそれなりに感じてしまっていたものだから、喜んでたくせにと反撃されるのも目に見えていて悔しいが黙るしかない。

（……あいつ、本当に大丈夫なのかな）

再会して二ヶ月、秀人は確実に痩せたし顔色も悪い。

体調の悪さが、精神状態に影響を及ぼしている可能性もある。いや、その逆もあるか……などと、真剣に考えている自分にふと気づいて、幸哉は深く溜め息を零した。

（……ホント、しょうがねぇなぁ）

あんな酷い扱いをされプライドを散々踏みにじられても、どうしても怒りよりも心配のほうが勝ってしまう。

それぐらい、自分は秀人のことが大事なのだ。

不機嫌そうな顔をしていれば、どうしてなのかと気にかかる。

その原因を取り除いてやりたくもなる。

けっきょく、今も昔も関係ない。

あの存在が、ただ愛《いと》しくて堪らない。

（つたく、未練がましすぎるだろう）

そんな自分がなんとも情けない。

だからといって、この想いを無理に否定する気にはなれなかった。

誤魔化しても、逃げても、この想いはきっと変わらない。

伊達《だて》に九年間も引きずっていたわけじゃないのだから……。

高校生だった秀人が、孤立無援でも幸哉への想いを貫き通してくれたように、今度は自分がそうする番だ。

たとえ、この想いが片思いに終始したとしても。

(しょうがねぇよなぁ。それでも、まだ好きなんだからさ)

基本的に自分に甘い幸哉は、ふっと苦く口元をほころばせながら、虚しい想いを抱《いだ》き続ける未練がましい自分自身を許してやることにした。

身体を洗い終え、シャワーを止める。

事後の始末を秀人に任せたのは、はじめて犯された夜だけで、あれ以降はどんなに疲れ果てていても眠りに落ちる前にバスルームに行き、自分で後始末をしている。

後が面倒だから中出しはするな、せめてゴムを使えと頼んだこともあるが、当然のように無視されたままだ。

濡《ぬ》れた髪を拭《ふ》きつつリビングに戻った幸哉は、ギョッとして立ちすくんだ。

「……まだ、いたのか」

だらしなくシャツの前を開けたままの姿の秀人が、ソファに座って、酷く疲れたようにうなだれている。

いつも秀人は、幸哉が事後の始末でバスルームに籠《こ》もっている間に、もう用は済んだとばかりに帰ってしまう。こんな風に留《とど》まっているのははじめてだ。

「おまえ、やっぱりどっか具合悪いんだろう？」

心配になって秀人の前に膝《ひざ》をつき、うなだれた顔を下から覗き込む。

視線が合うと、秀人は痛みを堪えているかのような顔をした。

「どうして俺の心配なんかするんだ？」

「どうしてって……」

幸哉は一瞬言葉を詰まらせる。

が、今さら意地を張ってもしょうがないかと、溜め息をひとつついてから素直な言葉を口にする。

「おまえが大事だからに決まってるだろ」

「嘘つけ」

「嘘じゃない。……まあ、かなりむかついてるけどさ。――それでも、やっぱりおまえが一番大事なんだよ」

「一番？」

幸哉の言葉に、秀人はギリッと眉根を寄せた。

「だったら、なんであんなことをしたんだ!?」

「黙っておまえを置いてったことなら悪かったと思ってるよ。でもあのときは、しょうがなかったんだって。どうしても母さんの側にいたかったし……」

「母さん？　あんたの母親はガキの頃に死んでるはずだ。適当な言い訳が、この俺相手に通用すると思うなよ」

秀人が不愉快そうに吐き捨てる。

「ガキの頃って……。おまえ、やっぱりなんか勘違いしてるぞ」

幸哉はちゃんと説明しようとしたが、「聞きたくない」と秀人に拒まれた。

「あんたに騙されるのは、もう二度とごめんだ。——他の男の為《ため》に、この俺を裏切って捨てた癖に……」

「他の男？　なんだ、それ？」

秀人がなにを言っているのかわからず、「誰のことだ？」と聞き返す。

「とぼけるなよ。盗みまで働いて作った金を貢いだ相手を忘れたっていうのか？」

「盗んで貢いだ？　この俺がぁ？」

(貢がれるならともかく、この俺が誰かに貢ぐだなんて……)

それは金輪際なにがあっても絶対にあり得ない。

いったいどういう話になっているんだろう？

わけがわからず、幸哉は思いっきり眉間《みけん》に皺《しわ》を寄せた。

その後、不機嫌そうな秀人をなだめすかし、なんとか少しずつ話を聞き出した。

それによると、幸哉の突然の失踪《しっそう》の原因は、かねてから恋人同士だった年上の男に貢ぐ為に、伯父《おじ》の金庫から大金を盗み出したせいだということになっているらしい。

あの朝、目覚めたときにはもう腕の中にいなかった幸哉を捜していた秀人に、伯父がそう告げたのだと言う。

『金だけじゃなく、美術品も盗《と》られているようだ。君の部屋は大丈夫か？』

そう聞かれて、秀人は大丈夫に決まってると言い張ったが、伯父に確かめたほうがいいと迫られ、仕方なく部屋に戻った。

そして、母親の形見である帯留めがなくなっていることに気づいたのだとか……。

「あれは幾らになった？　ちょっと傷はついてたが、使われてる宝石も細工も最上級品だし、芸術品としての価値もある。かなりの金額になっただろう？――あの夜、俺に抱かれてくれたのは、あの帯留めの代金代わりだったのか？」

「馬鹿言え。そんなわけないだろう」

秀人の母親の形見なら、かつて何度か見たことがある。

人間国宝の手による一点もの、色とりどりの宝石がちりばめられた蝶《ちょう》をモチーフにした見事な彫金細工で、キラキラしてとても綺麗だった。

確かに金に換えればそれなりの金額になりそうだが、秀人にとっては大事な母親の思い出の品で、金に換えていいものじゃない。

「この俺が、おまえ相手にそんな酷いことするわけないだろ？」

なにか誤解してるんだと幸哉は訴えたが、秀人は頑《かたく》なに信じようとしない。

どうして信じないんだとしつこく問い詰めると、「会ってるからだ」と秀人が言う。

「誰に？」

「あんたが貢いだ男にだよ。――裏切られたなんて信じたくなかった。……だから、あんたと直接話をしようと思って大学にも行ったんだ」

だが、そのときすでに幸哉は休学届けを出していて、大学には通っていなかった。

その代わりに、幸哉の友達だという複数の大学生と会った秀人は、彼らから大学での幸哉の素行を聞かされたらしい。

世話になっている伯父の手前、屋敷の中では大人しくしているだけで、外での幸哉はやりたい放題で男女問わずに遊びまくっていたと……。

そして、最近つき合いはじめた社会人の男に夢中になり、傾きかけた彼のショップを建て直す為の資金を欲しがっていたことも……。

その後、秀人はその友達とやらに案内されるまま、その男がいるショップにも行った。男は幸哉を知っていることは認めたが、貢がれた金を奪い返されるのを恐れてか、ふたりの関係をはっきりとは認めようとはしなかった。

もちろん、幸哉の所在も知らないと言い張った。

疑うなら警察に届ければいい。それで困ったことになるのは幸哉だけ、君の大事な人を犯罪者にしてもいいのかと……。

にやついた口元と余裕綽々《しゃくしゃく》のその態度が、なによりも雄弁に事実を物語っているように、そのときの秀人には見えたらしい。

そして伯父は、身内の恥を晒《さら》したくはないからと警察に届けようとはせず、秀人の帯留めに関しては、市場に流れたら自分が必ず買い取るから、どうか幸哉を訴えないでやってくれと秀人に土下座して頼んできたのだとか……。

(——あんの、くそジジイ)

思い出すのも嫌だと言わんばかりの表情の秀人から、なんとか話を聞き出した幸哉は、すべての裏事情を理解した。

幸哉の友達だと名乗った大学生も、幸哉の恋人だと匂わせたその男も、間違いなく伯父が金を使って用意した偽物だ。

父親の死の直後、幸哉の親権を奪い返そうとした母親を排除すべく取った手段も、似たようなものだったからだ。

（だからあのとき、屋敷を出て行くことは誰にも言うなってしつこく言ってたのか……）

ただ幸哉が姿をくらますだけでは秀人が納得しないだろうと、伯父はだめ押しの手を準備していたのだ。

それであんな大芝居を打って、幸哉に対する秀人の想いを汚しまくってくれた。

当時高校生だった秀人は、箱入りの世間知らずだったせいもあって、そんな伯父の策略にころっとはまったのだろう。

しかも生来の生真面目《きまじめ》さと頑固さがたたり、いまだに幸哉に対する怒りを色あせることなくしつこく持ち続けている。

幸哉を最初から淫乱呼ばわりしたのも、ろくに話をしようともしなかったのも、間違いなくそのせい。

全部、伯父の薄汚い策略のなせるわざだったのだ。

「ヒデ、おまえ、伯父貴に騙されてるんだ」

金も帯留めも盗んでいないし、男女問わず奔放に遊びまくったことなんてない。

幸哉は必死でそう訴えたが、秀人はまったく信じない。

「俺は男と遊んだことなんてない。俺が寝たことのある男は、おまえだけなんだからさ」

これなら信じるだろうと威張って言ってみたのだが、「嘘つけ」と秀人に一蹴《いっしゅう》された。

「はじめてで、あんなに感じるわけないだろ」

自分から積極的に乗っかってきた癖に、と過去のことを言われて、さすがに言葉に詰まる。

(そりゃそうだったけどさ)

でもあれは、最初で最後の夜になるかもしれないと思い詰めていたせいだ。

この機会を逃したら、秀人と抱き合うことはできなくなるかもしれないとの思いにせき立てられるまま、苦痛を堪《こら》えて強引に自分から身体を繋《つな》げてしまっただけで……。

(そう言っても、今のヒデは信じないだろうな)

自分自身でさえ、あの夜の自分の乱れっぷりには驚いたぐらいだ。

俺が全部教えてやるよ、などと言われて散々からかわれ、強引に乗っかられて童貞を奪われた秀人が信じてくれる可能性は低すぎる。

「だったら、調査会社でも使って、俺の過去を——この九年間のことを調べてみればいい」

幸哉の言葉は信じられなくても、赤の他人が調べた調査結果なら信じられるだろう。

伯父の家を出た直後から母親の病院に通いつめ、その後もずっと母親が死ぬまで一緒に暮らしていたことを証言してくれる人達もいるはずだ。

「あんたの息のかかった調査会社を使うのか？　信用できないな」

「だったらおまえの知ってるところに頼めばいい。俺の現住所だって、どっかの調査会社に調べさせたんだろ？」

もう一回そこに依頼しろと幸哉は言ったが、秀人はそんなことしてないと言う。

「あんたの住所は、玲奈が教えてくれたんだ」

「玲奈が？」

「なんのつもりかわからないが、離婚して出て行くときにメモを手渡してった」

（そっか……。玲奈は知ってたんだな）

自分の父親がやったことを……。

それで秀人が自分を見てくれるようになるのならと、罪悪感に苛《さいな》まれながらも、ずっと口を閉ざしていたのかもしれない。

「とにかく、どこでもいいから調査会社に依頼しろって」

そう幸哉が迫ると、秀人は「嫌だ」と拒む。

「それがあんたの手かもしれないじゃないか。裏で手を回してないとも限らない」

「この俺が、そんな面倒な真似するわけないだろう」

「知るか。——俺はもう、あんただけは絶対に信用しないって決めたんだ」

凛々《りり》しい眉をきっと上げた秀人が、頑固そうに唇を引き結んで幸哉を睨みつけてくる。

再会してからの秀人は、ずっとどこか投げやりで冷ややかだった。

だが、今のこのどこか生真面目さをたたえた頑なな表情は、子供の頃に見慣れたもの。

自分は間違ってない、絶対に意志は曲げないと、そのまっすぐな視線が言っている。

「――このっ、頑固者!!」

幸哉は、条件反射的に怒鳴ってしまっていた。

が、こちらを見つめるその視線のまっすぐさに、怒りよりも悲しさを感じる。

秀人は今、幸哉ではなく伯父の言葉を信じると意思表明しているのだ。

伯父の言葉を信じたところで、秀人にはなんの得もない。

心から信じていた存在に裏切られたという痛みに、その心を苛まされ続けるだけだ。

生来、頑固なだけに、その怒りや失望感が深ければ深いほど、痛みは薄れることはなく秀人の心に根を張り続け、この先もしつこく苦しめ続けるだろう。

(意固地になればなるだけ辛いだけなのに……)

かつての秀人にとって、幸哉は友達であり兄であり、ときには親代わりでもあった。

決して自惚《うぬぼ》れではなく、それは事実だ。

そんな存在を信用できなくなるのがどれほどに辛いことか……。

この十年近く、秀人の胸にはずっと不信と言う名の棘《とげ》が刺さり続けている。

再会したときに感じたあの違和感、かつては見られなかった投げやりな態度の原因も、突き詰めればきっとそこにあるのだろう。

(くそっ、俺も馬鹿だ)

玲奈と結婚して幸せに暮らしているなどという、あの伯父の言葉を鵜呑《うの》みにして信じててしまっていたなんて……。

幸せならそれでいいと、ひとり懐かしい思い出だけを抱き締め、自己満足に浸って生きてきてしまった。

せめて一度でもいいから、秀人の様子をこの目で見て確かめるべきだったのだ。

幸哉がそれをしなかったのは、自分以外の人間を愛するようになった秀人の姿を見ることで、自分が傷つくのが嫌だったからに他《ほか》ならない。

(けっきょく俺は、俺の気持ちばかりを優先して生きてきたんだ)

現実を直視せず、過去の懐かしい思い出に耽溺《たんでき》することで、自己保身を優先した。

再会したあの夜、秀人から自己中で自分勝手だと罵《ののし》られたが、確かにその通りだ。

だからこそ、今ここで秀人の頑固さに負けるわけにはいかない。

こんな状態の秀人を、放っておくことなんてできないし、放っておきたくない。

「なあ、秀人」

幸哉は、もう一度秀人の顔を覗き込んだ。

「俺はおまえを裏切ってないよ」

「嘘つけ」

「嘘じゃない。本当だ。なあ、頼むからもう一度だけ信じてくれよ。――俺は、おまえを裏切ってないし、人に知られて困るようなこともしてないんだ」

せめて調査会社に依頼して真実を探ってみてくれと、プライドを捨て、平身低頭の態で頼み込んだが、秀人はそれでも頑なに頷かない。

「話を聞いた今なら、おまえが俺を信じたくないって思う気持ちはわかる。そんな目にあったら、確かに信じられなくもなるだろうって……。でもな、もう一度よく考えてみてくれよ。おまえだって、一度は縁続きになっちまったんだから、俺の伯父が狡猾《こうかつ》な小悪党だってこと知ってるだろ？　あいつの言ったことを鵜呑みにしてもいいのか？　自分の得になることなら、なんだってやる男だぞ。——本当にあいつを信じられるのか？」

幸哉の指摘に、秀人は一瞬ハッとして、そういえば……と言わんばかりに眉をひそめた。

だが、反応はそれだけで、答えることを拒絶するかのように口は閉ざしたまま。

「なあ、頼むよ、秀人。おまえの為に言ってるんだ。俺を嫌うも憎むもおまえの勝手だ。でもな、そんな風に忌み嫌う相手を力ずくで支配して、それでおまえは本当に満足してるか？　してないんじゃないか？　だから、いつもそんな風に不機嫌な顔してるんだろう」

秀人の気が済むというのなら、この身体ぐらい幾らでもくれてやる。

だが、それでは駄目なのだ。

再会してからこっち、徐々にやつれつつある秀人の状態がそれを教えてくれている。

「俺はおまえを助けてやりたいんだ」

「助ける？　……相変わらずの自惚れぶりだな。俺はもう、あんたなんかどうでもいいのに」

小馬鹿にしたように、秀人が鼻で笑う。

「どうでもいいだと？」

本来の秀人には似合わないその嫌な笑い方に、幸哉は軽く怒りを覚えた。

「それなら、なんでわざわざここに来るんだ⁉　どうでもいい相手を、なんでしつこく何度も抱きたがるんだよ？」

「俺が受けた痛みの分、あんたを傷つけてやりたいからだ」

「それだったら、もう充分だろ？　力ずくで何度もやりまくって、抵抗する気もなくなるぐらい散々好き勝手してくれたじゃねぇか⁉」

「好き勝手？　あんただって喜んでたくせに」

秀人の小馬鹿にした声に、怒りでかっと身体が熱くなった。

「好きであんなになってたわけじゃねぇや！　淫乱だのスキモノだと言われる度、どんなに悔しかったか……。今だってそうだ。俺の話をまともに聞こうともしないおまえ相手に、信じてくれって頼まなきゃならないのが、どんなに悔しいか……」

「だったら、放っておけばいいじゃないか」

「放っておけねぇから、こうやってプライド捨ててまで、信じてくれって頼んでるんじゃねぇか！」

「どうだか……。それだって演技かもしれないだろう」

信じられない、と秀人が頑なに言う。

(……こんなの堂々めぐりだ)

なにを言っても秀人の心には届かない。

秀人には、最初から幸哉を信じる気持ちがないのだから……。

「……秀人、おまえ、もうここに来るな」

「断る。まだ俺は満足してないからな」

「何回通っても、おまえは満足なんてしないぞ。俺はもう、おまえになにをされても、これ以上傷つけられたりしないから……」

昔も今も変わらず、秀人を愛しいと思う。

この気持ちを認めてしまった以上、幸哉がこの関係で傷つくことはない。

「でも、おまえはここに来ると、何度でも傷つくんだ」

かつて愛し、心から信じていた存在に裏切られたという過去の傷口が開いてしまう。

こんなの、自分で自分の傷を、何度も深くえぐっているようなものだ。

そして開いた傷の痛みがまた怒りを誘発し、怒りのままに秀人はここに足を運び、そしてまた傷口が開く。

これもまた堂々めぐり。

どこかで断ち切らなければ、秀人の痛みは消えないままだ。

「――おまえが嫌だって言うんなら、俺が動く」

（俺は、もういい）

憎まれていても恨まれていても構わない。

再び自覚してしまった秀人への想いは、きっとこれから先も断ち切れたりしないだろう。

恋しいと、どうしているだろうかと辛い思いをすることがあっても、自分の側にいることで消えない傷の痛みに秀人が苦しみ続けるよりはましだ。

「……どういう……意味だ？」

「だから、また俺が消えるって言ってんだよ」

「駄目だ！」

幸哉の言葉に、秀人はがしっと幸哉の両腕を掴んだ。

「そんなの許さない」

「そう言うなって……。この店は、今の俺にとっては生きる目的みたいなものだ。その大事な店を捨てていくからさ、それでもう満足してくれねぇか？」

「嫌だ！　逃げても捜す。絶対に逃がさないからな」

「おまえから逃げたくてこんなことを言ってるんじゃないよ。――おまえは、俺とはもう関わり合いにならないほうがいいんだ」

自分でもわかってるんじゃないのか？　と問うと、秀人は首を横に振った。

「わかりたくない。嫌だ。それができるぐらいなら、とっくにそうしてた」

あまりにも頑ななその態度は、まるで聞き分けのないだだっ子みたいだ。

本当は正しい答えがわかっているのに、認めたくないと地団駄を踏んでいるような……。

(可哀想《かわいそう》だな)

しょうがねぇな、もういいよと、昔のように譲ってやりたいような気がする。

だが、それでは駄目だ。

無意味な堂々めぐりで何度も何度もしつこく傷つくより、一気に断ち切ったほうがきっと秀人だって楽だろうから……。

「なにを言っても無駄だ。俺はもうそうするって決めたんだからさ」

「駄目だ！　逃がさない！　――あんたを愛してるんだ!!」

「…………え？」

思いがけない突然の告白に、幸哉は虚《きょ》を突かれた。

秀人はといえば、ただ呆然としている。

まるで、自分の口から出た言葉に心底驚いているかのように……。

「……ヒデ？」

先に我に返ったのは幸哉のほうだった。

「なあ……今のってさ」

「――黙れ!!」

今の言葉の真意を確かめるべく口を開きかけたが、我に返った秀人に抱き寄せられ、強引なキスで唇を塞《ふさ》がれる。

秀人から離れようと、必死で押したり叩《たた》いたりしてみたがビクともしない。

やがて、甘いキスと幸哉の身体を知り尽くした秀人の巧みな愛撫《あいぶ》とに、その腕からも力が抜けていった。

5

けっきょく、その後の話し合いは不発に終わった。

力ずくで秀人からセックスに持ち込まれ、うやむやにされたせいだ。

もう一息で、あの頑なな殻を破れたかもしれないと思うと幸哉は悔しくて仕方ない。

（くそっ、あの馬鹿）

快楽に溺《おぼ》れ、我を忘れて夢中になってしまった自分の醜態は、とりあえずよいしょと最上段に棚上げして、幸哉は秀人を心の中で罵る。

今朝、幸哉が目覚めたときにはベッドの上にひとり取り残されていた。

秀人はかなり焦って逃げ帰ったらしく、事後の始末がされていなかったのが、幸哉的には唯一の救いだ。

（……やっぱり、俺も悪かったんだな）

諸悪の根源はもちろん強欲な伯父だ。

が、秀人に対する自分の態度にもまた問題があったのだと、さすがの幸哉も認めざるを得ない。

（秀人には、なんにも話してなかったし……）

出会ったばかりの頃、ゆきちゃんのお父さんとお母さんは？　と秀人に聞かれて、もういないんだと適当に誤魔化したことを覚えている。

母親の静かな生活を脅かしたくなければ、決して余計なことは言わないようにと伯父から言い含められていたせいもあるが、それ以上に、父親は死に、親権争いに敗れた母親とは表だって連絡を取り合うことができない状態だなどという暗くて重い話を、まだ小さかった秀人にはしたくなかったからだ。

その流れで、あの屋敷が本来なら幸哉の父親のものだということも話してはいなかった。

そのせいだろうか、昨夜の話を聞いた限りでは、どうやら秀人は、両親を失った幸哉が伯父夫妻に引き取られて育てられていたと勘違いしているようだ。

（まあ、使用人達もさすがに秀人にはホントのことは言わないだろうしな）

大貫家の財産をそっくり取り上げた伯父一家が口を割るはずもない。

金を盗んで逃げたという汚名を着せられてしまった後は、臭い物には蓋《ふた》をしろとばかりに幸哉の存在自体がなかったことにされ、知人達の間でも話題に上ることがなくなってしまったのだろう。

だが、幸哉の個人的な友人関係を秀人がまったく知らなかったのは、秀人の自業自得だ。

友達にまで嫉妬《しっと》して突っかかってくるせいで、幸哉の大学での人間関係を話すのはふたりの間でタブーみたいになってしまっていたからだ。

（あいつの前では、いつも笑ってたかったんだよなぁ）

一途に慕ってくる弟分に、自分が背負っている悲しみを知られたくなかった。

常に頼れる兄貴分として、悩みなどないふりをしていたかったのだ。

そういう意味では、幸哉もまた頑なだったのだと思う。

ふたりですごす時間があまりにも楽しかったから、余計な変化を好まなかった。

秀人が徐々に成長しつつあるのに気づいても、いつも兄貴分としてだけ振る舞い、対等な話し相手として認めることすらしていなかった。

今なら、子供扱いされて、むかつくと怒っていた秀人の気持ちがわかる。

ひとりの男としての恋心を告白した後でも弟分扱いされ、適当な言葉で言いくるめようとしてくる幸哉の態度が我慢ならなかったんだろうと……。

（もっとちゃんと話してればよかった）

昔、屋敷を出た後の秀人との新しい生活のビジョンを自分勝手に考えていたときだって、それに秀人が喜んで従ってくれるものだと信じて疑いもしなかった。

誰にも言わずに屋敷を出て行けと言われたときも、真面目で直情型の秀人には隠し事は無理だと最初から決めつけ、話をしようともしなかったし……。

自己中で自分勝手だった自分を反省するネタは、困ったことに次から次へと湧《わ》いてくる。

だが今は、反省するより先にやらなければならないことがあった。

（とりあえず、秀人をなんとかしてやらないと……）

頑なに、自分を信じようとしない秀人。

信じてもらえないのは悲しいが、もう信じられないと頑なな態度を崩さない秀人を見ているのはもっと悲しい。

――あんたを愛してるんだ!!

そう口走ってしまった後の呆然とした顔と、あの慌てようからして、自分でも思いがけない本音が口から零れてしまったってところなんだろう。

今もまだ愛されている。

それは胸が熱くなるほどに嬉しい。

だがそれ以上に、愛している相手を信じることができなくなっている秀人の心の痛みのほうが気にかかる。

（あいつには、やっぱり笑ってて欲しいからな）

にこっと笑う得意そうな顔が見たいからこそ、しょうがねぇなぁといつも特別に譲ってやっていたのだ。

秀人が幸せでいてくれないなら、こっちも幸せじゃない。

だから、なんとしても秀人にはこの不毛な袋小路から抜け出してもらわなきゃならない。

まだ愛されているというのなら、自分が秀人の目の前から消えただけじゃ問題は解決しない。

ここに踏みとどまって、秀人に信じさせる為の証拠を、なんとかして手に入れる必要があった。

(俺が調査会社に依頼しても……駄目だよなぁ)

でっち上げだと決めつけて、書類に目を通すことすらしなさそうだ。

大学時代の友人達や、母親が世話になった病院関係者に話をしてもらったとしても、やはりでっち上げだと言われて信じてはもらえないに決まってる。

となると、どうすればいいのか……。

伯父が自分の悪事を白状してくれるのが一番いいのだが、あの強欲な伯父が自分の損になることを口にするはずもない。

面倒なことが嫌いでいつも直球勝負で単純明快に生きてきたから、入り組んだ袋小路に迷い込んでいる秀人を、どうやって出口まで誘導してやったらいいものか、その手段がまったく思いつかない。

こっちが出口だと幸哉が声をかけても、きっと秀人は回れ右して、更に奥へと迷い込んで行ってしまうだろうし……。

どうしたらいいものかと、もう途方にくれるばかりだ。

(ったく、俺、こういう面倒なのって苦手なんだよな)

だからといって、こればかりは諦めるわけにはいかない。

なんとかしなきゃと悩みつつ、注文された大量の花束を店先で作っていた幸哉は、店舗の奥から聞こえてくる「男同士の結婚式だったんですか⁉」という賑《にぎ》やかな女子高生達の声にふと我に返って耳をすませた。

「うん、そうなの。作業中にちらっと片方だけ見たけどね、すっごい美人だったよ～」

昨日のパーティーの飾りつけを手伝ってくれた由香が楽しげに答える。

衣装は？　会場の規模は？　と女子高生達はこの物珍しい話題に好奇心むき出しだ。

（ちょっとまずいかな）

個人特定されるような話になったら止めないとと思って更に聞き耳を立てたが、さすがに由香も客商売だという自覚があるらしく、うまい具合に会場や個人情報などをぼかしてくれていて、幸哉はなんだかほっとした。

「その人と店長さんと比べたら、どっちが美人？」

「ん～、そうねぇ。向こうは正当派の観賞用美人だけど、店長は癒《いや》し系だからなぁ」

個性派だし、ちょっと分が悪いかも、などと由香が言っている。

（個性派？）

この垂れ目のことだろうか？

分が悪いってことは俺の負けなのか？　と、負けず嫌いな幸哉がなんとなくむっとしていると、店舗内で電話が鳴った。

「俺が出るからいいよ」

店舗奥の由香に声をかけてから、手前にある子機を手に取り、いつものようににっこり微笑んで電話に出た。

「はい。いつもお世話になってます。大貫花店です」

『私だ。久しぶりだな』

（……げっ。伯父貴かよ）

声の主を認識すると同時に、子機を手にしたままぐるっと回れ右して店の外に出た。

伯父と話すときのふてぶてしい顔と声を、由香達には知られたくなかったからだ。

「なんの用だ？」

気を取り直し、挨拶《あいさつ》抜きでぶっきらぼうに用件を聞くと、『相変わらずだな』と言われた。

『久しぶりなんだ。もう少し愛想よくできないのか？』

「無理。で、なんの用？」

さっさと用件を言えと言外に急《せ》かすと、伯父は『わかった』とひとつ咳《せき》払いをした。

『実はな、おまえの父親の遺品が見つかったんだ』

「遺品？　親父の遺品なら、なにもかも全部、あんたが自分のものにしただろう。もうぼけたのか？」

幸哉の呆れ果てた声に、伯父はまたしても咳払いをする。

『いいから、とにかく聞け。新しい掛け軸が見つかったんだ。値がつけられないほどの一品なんだぞ』

「なにを今さら……。もしかして、熱でもあるんじゃねぇの？」

『私は健康だ。——父親の形見の品を渡したいと言ってるんだ。感謝して取りに来るべきだろう』

「宅配便で送れ」

『国宝級の品だぞ。そんなことできるものか』

それならいらないと幸哉ははっきり断ったのだが、伯父はしつこく取りに来いと言う。

（エサのつもりか？）

今さら、強欲な伯父が父親の遺品を自分に戻すとも思えない。

なにを企《たくら》んでいるのか知らないが、どうやら伯父はサシで話したいことがあるようだ。

（ちょうどいい。行ってやろうじゃねぇか）

これといった策は思いつかないままだったし、そう簡単に悪事の尻尾《しっぽ》を出すとも思えないが、金を盗んだなどという薄汚い濡れ衣を着せられたことへの文句ぐらいは言っておきたいところだ。

「今すぐそっちに行ってやる。それでいいな？」

『ああ。待っとるぞ』

通話を切った幸哉は、ひとつ咳払いして声の調子を整えてから由香に声をかけた。

「由香さん、ちょっと出掛けます。悪いんだけど、こっちの作業引き継いでくれるかな？——で、退社時間になったら、店も締めといてくれる？」

柔らかな声で頼むと、「了解でーす。任せといてください」と由香が答える。

「うん。よろしくね」

伯父に会うのにちゃんとした格好をしていくこともないかと、髪からリボンを引き抜きエプロンを脱いだままのラフな姿でタクシーを拾う。

十年ぶりに訪れた大貫の屋敷の内部は、すっかり様変わりしていた。

(相変わらず悪趣味だな)

玄関を入ってすぐのところに飾られた、新進気鋭の書道家の手による衝立《ついたて》を見て、とりあえずうんざりする。

その革新的な書の芸術品としての価値は認めるが、歴史ある日本家屋の顔である玄関に飾るにはふさわしくないと感じたからだ。重厚な建物とではミスマッチすぎて妙に浮いてしまい、作品本来の魅力もまったく活《い》かされていない。

(あの人は自慢したいだけなんだよな)

伯父は、なににつけてもそんな風だ。

かつて小学生だった秀人の部屋に、実用的じゃない高価な工芸品の家具類を入れたのもそのせい。

価値のあるもの、話題になったものを手に入れては自慢ばかりしている。

愛《め》でるつもりも観賞するつもりもまったくないから、場にも品にもそぐわない頓珍漢《とんちんかん》な飾り方をしてしまうことも多い。

その点、幸哉の父親は違っていて、とりあえずその場にふさわしい品を飾るだけの器量はあった。

とはいえ、芸術品ではなく、資産価値のある財産として扱っていたようだが……。

(祖父《じい》さんが生きてたら、湯気立てて怒っただろうな)

大貫家に古くからある美術品のほとんどは、幸哉が物心つくかつかないかの頃に亡くなった祖父が収集したものだと聞いている。

それらは系統立てたコレクションとして収集されており、散逸を恐れ、幸哉の父親にすべて譲るという遺言がなされていた。

伯父もそこそこの資産を相続したようだが、美術品と事業のすべてを譲られた幸哉の父親との差は大きく、それが現在の異常なまでの強欲さの原因にもなっているようだ。

『あの人も可哀想な人だから……』

幸哉の死んだ母親はよく伯父のことをそう言っていた。

伯父は、幸哉の父親とは異母兄弟で、祖父にとっての長男に当たる。

だが伯父の母親は一般の女性で、大貫家の家訓のせいで正妻にはなれず、伯父は実子と認知されながらも愛人の子として人生をスタートさせたのだ。

その後、祖父は資産家の娘を正式に娶《めと》り、幸哉の父親が産まれた。そして次男ながらも本妻の子として産まれた父親は、遺言で祖父の財産のほとんどを譲り受けることとなる。

自身の才覚のせいではなく、母親の生家の格の違いのせいで弟と差をつけられる。

長男なのに家を継げないことを、伯父はずっと恨みに思っていたのだろう。

だからこそ、幸哉の父親が亡くなった後、本来ならば自分のものだったはずの大貫家の財産のすべてを手に入れようと欲するようになった。

『酷い目に遭わされたけど、子供の頃からの鬱屈《うっくつ》した思いがあるんだと思うと、なんだか恨みきれなくてね』

自分も大貫家の家訓のせいで家を追い出された身だから……と、お嬢さま育ちでおっとりしていた母親は寂しげに微笑んでいた。

幸哉からすれば、大貫家の家訓云々というより、そんなくだらない家訓をなにより優先した祖父や父親こそが、数々の不幸を作りだした要因だとしか思えない。

ついでにいえば、どんなにその生い立ちが不幸だったとしても、それで他人を足蹴《あしげ》にしていいという免罪符にはならないとも思う。

だから伯父に同情はしない。が、それでも少しだけ哀れだとは思った。

大貫家の財産すべてを手に入れてなお、伯父の強欲さは収まっていないからだ。

いつまでも満たされない心を抱えたまま、自分がいったいなにに飢えているのか、その理由すら見失っているように見える。

使用人に案内されるまま客間に入った幸哉は、久しぶりに見る伯父の姿に驚き、同時に呆れ返った。

(よくもここまでぶくぶくと節操なしに太ったもんだ)

どうやら、伯父の強欲さは食欲にも及んでいるようだ。

以前はそこそこ男前だったというのに、今ではその面影もなく、もはや見苦しいばかりだ。

「で、用件は？」

幸哉が挨拶なしで用件を切り出すと、伯父はわざとらしく溜め息をつく。

「相変わらず愛想のない。そんなことでは、せっかく捕まえた想い人に逃げられるぞ」

「……想い人？」

「秀人くんとよりを戻したんだろう？」

知ってるぞ、とにやにや笑いながら伯父が言う。

(わざわざ調べたのか)

幸哉の元に頻繁に通っていることを、秀人が自分から伯父に言うはずがない。

そもそも、秀人と玲奈が離婚したことで、伯父との縁も切れているはずだ。

（なにを企んでやがる？）

伯父の呼び出しに秀人が絡んでいるとは思ってもみなかった幸哉は、警戒心を増した。

「なにか勘違いしてないか？　誰かさんが妙な小細工をしてくれたせいで、いまだに俺は秀人に恨まれたままだぞ」

「そうか？　そのわりに、秀人くんはおまえの元に足繁く通っているみたいじゃないか」

伯父の顔に浮かぶ下卑《げび》た笑いが気持ち悪くて、幸哉は眉をひそめる。

「あんたには関係ない」

「そう言うな。おまえと儂《わし》は伯父と甥《おい》の間柄、ひとつ屋根の下で共に暮らした家族じゃないか。——そこでな、頼みがあるんだ。儂の為に一肌脱いでくれないか？」

伯父の口から、家族だなという言葉が出るとは思わなかった。

驚くと同時に薄気味悪くも思いながら、とりあえずなにを企んでいるか知っておこうと、「なにをしろって？」と聞いてみる。

「おまえから、秀人くんに融資を頼んで欲しい」

「秀人に？　事業がうまくいってないのか？」

「まあ、そうなるな」

ここ最近の不景気でなと、伯父は気まずそうだ。

事業を立て直す為にも、まとまった資金が必要なのだと……。

「瑞穂《みずほ》の嫁ぎ先も似たような状況で金がないし、玲奈も出戻ってしまっただろう。もうおまえしか頼る相手がいないんだ」

（よくもぬけぬけと……）

資産家の娘を長男の嫁にするのが大貫家の習わしだが、大貫家の娘もまた、実家になにかあったとき助けになるようにとそれなりの資産家に嫁がされるのが習わしになっている。

そうやって嫁がせた自分の娘ふたりが役に立たないからと、伯父はよりによって甥である幸哉に白羽の矢を立てようとしているのだ。

「九年前、自分がなにをしたか忘れたのかよ？」

腹立たしさを堪えて告げると、伯父は「覚えているとも」とわざとらしく溜め息をつく。

「あの頃の秀人くんは大事な預かりものだった。親御さんの手前、世間体の悪い関係を認めるわけにはいかなかったからな。……だが、秀人くんが親御さんから独立した今なら大丈夫だ。もうふたりの関係をとやかく言ったりはしない。むしろ、応援するよ。――だから、な？」

（なにが、な？　だ。このくそジジイ!!）

高校生だった秀人を騙し、その心に不信という名の消えない傷を刻みつけておいて、よくもそんなことが言えたものだ。

自分勝手にもほどがある。

（それにしたって、この俺によくこんなことが言えるな）

面の皮が厚いにもほどがある。

母親と無理矢理引き離し、父親の財産もすべて奪った。

そんな真似をしておいて、恨まれているとは思わないのだろうか？

（——思わない……のか？）

横柄な態度でにやにやしている伯父の顔を眺めているうちに、幸哉は妙に冷めた気持ちになってきた。

よくよく思い返してみると、秀人は父親の財産や母親の親権のことで、伯父に直接不満をぶつけたことはない。

それ以外の小さな言い合いは何度かあったが、重要な局面においてはあえて口を閉ざしていたのだ。

人生の岐路において、幸哉は常に自分の意志で生きる道を選んできたつもりだ。

もちろん、伯父の強欲さがなければ、母親と引き離されることはなかっただろうし、生まれ育った屋敷を奪われることもなかっただろう。

それに対する怒りは当然ある。

だが、そこに拘《こだわ》りすぎれば、日常的に重苦しい恨み辛みを抱えて生きていかなければならなくなる。

そんな暗い人生なんて、幸哉は真っ平ごめんだった。

だから、あえて不平不満を伯父にぶつけることはせずにいたのだが……。

(こいつ、どうやら俺のことを勘違いしてるみたいだな)

優しげな垂れ目に、華奢《きゃしゃ》な風体。愛想は悪くとも、本当の意味では決して自分に逆らわない気弱な人間なのだと……。

馬鹿め、と幸哉は心の中で舌を出す。

その一方で、優しげな垂れ目を心配そうに伏せてみた。

「応援してもらえるのは嬉《うれ》しいけどさ、玲奈のこともあるし、秀人にはこれ以上うちの一族に関することで余計な負担はかけたくねぇんだ。――そうだ。さっきの電話で、親父の遺品が見つかったって言ってたよな?」

「ん? あ、ああ、まあ、そうだな」

「それを、あんたに譲ろうか? 売っぱらえば資金の足しになるんじゃねぇの?」

とりあえず見せてみろと伯父をせっついて、靴に履きかえ、美術品の数々がしまわれた蔵へと向かう。

その途中、幸哉は伯母の姿がないことがふと気になった。

伯父同様に強欲な女性だが、伯父ほど単純ではなく、夫の側に影のようにつき従いながらも、感情的になりやすい夫が暴走しかけるとそっとブレーキをかけるような人だった。

「伯母さんはどうしたんだよ」

いま彼女が出てくると面倒だなと思いながら聞いてみる。

「おまえには言ってなかったか。あれなら七年も前に死んだぞ。……急な病でな」

「健康そうに見えたのに……。ご愁傷様」

(だからこいつ、こんなに太ったのか)

側で制御してくれる人を失って、強欲さに歯止めがかからなくなっているのかもしれない。

事業がうまくいっていないのも、その影響がありそうだ。

「おまえの気持ちは嬉しいが、あの掛け軸は持っていてこそ価値がある。手放すのは得策じゃないんだが……」

黒光りする漆喰《しっくい》の分厚い蔵の扉の前に辿り着くと、伯父がぶつぶつ言いはじめた。

父親の遺品の掛け軸が見つかったなどと言ったのは、自分を呼び寄せるエサのつもりだったのだろうと思っていたのだが、そこは嘘じゃなかったようだ。

日本の宝ともいえる作品で、画廊を経営している父親の知人に長期契約で貸し出されていたらしい。その人物が企画した美術展の目玉として世界中を巡り巡った後、やっとこの屋敷に戻ってきたのだと説明された。

どうやら、知名度が高いが故に所有権を秘密裏に変更することができず、仕方なく幸哉に連絡を取ってきたってところらしい。

「ほら、これだ」

少しひんやりとした蔵の中、しっかり手袋を嵌《は》めた伯父が掛け軸を開いていく。

「ああ……、こりゃいいな」

来迎図の一種で、描かれた如来の慈悲深く柔らかな表情に、その手の美術品に関しては門外漢の幸哉でさえ、ひとめ見て感嘆の溜め息が零れた。

「これならかなりの金額になるんじゃゃねぇの？　売っちゃえよ」

ただし、ひとつ条件があるけどな、と幸哉は続けるつもりだった。

どうせ、存在すら知らなかった品だ。これを伯父に譲る代わりに、かつて伯父が秀人についた嘘を白状させようと思ったのだが……。

「いや、待ちなさい。こんな形で財産を切り売りするのはもったいない。これはこのまま保管しておいて、資金援助は秀人くんに頼んだほうが得策だと思うんだが……」

伯父は、実にのらりくらりと掛け軸を売ることに反対する。

その往生際の悪い姿に、幸哉は少々呆れてしまった。

(この分だと自分の財産は一切手放してなさそうだな)

自分が携わる事業の負債の補塡に、自分自身の資産を使わず他人の懐を当てにするとは強欲にもほどがある。

秀人に資金援助させる話にしても、返すことなどろくに考えてもいなさそうだ。下手をすると、資金援助してもらったのは、あくまでも幸哉であって自分ではないという体裁を取るつもりかもしれない。

（やりそうだ。――もしかしたら、ここまで強欲だと……）

ふと、あることに思い至った幸哉は、ぐずぐず言っている伯父を押しのけ、蔵の奥へと足を踏み入れた。

「おい、勝手に中に入るな」

「いいじゃねぇか。この蔵には、親父が生きてた頃よく遊びに来てたんだ。なんか懐かしくってさ」

年季の入った棚に並べられている箱をじっくり眺めながら、更に奥へと進む。

（随分増えたなぁ）

父の生前は、美術品の数々もそれなりに余裕のある状態で整然と並べられていたのに、今ではごちゃごちゃと不揃いに詰め込まれている。

書画や焼き物などの区別もまったくされていない。

集められるだけ集めて、ただ溜め込んでいるといった感じだ。

（たぶん、この中にあるはず……）

目当ては、かつて何度か見たことのある金箔《きんぱく》が塗り込められた漆塗りの小箱。

幸哉は目を凝らして、懐かしい小箱を探し続けた。

★

「社長、大貫様からお電話です」

経理担当の社員から声をかけられ、秀人は眺めていたパソコン画面から顔を上げる。

(またあの男か。最近、かかってこなくなってたのに……)

大貫という名前に、元妻の父親からの電話かと思い小さく舌打ちする。

少し前までは元妻との離婚を考え直してくれとしょっちゅうかかってきていたが、やっと諦《あきら》めてくれたようで静かになってほっとしていたのだが……。

面倒だなと苦々しく思いながら秀人は電話に出た。

『今日こっちに来れるか？』

だが唐突に用件を述べるその声は、同じ大貫でも甥《おい》のほう、幸哉《ゆきや》だった。

(来れるかって……)

再会して以来、幸哉のほうから呼ばれたことは一度もない。

はじめてのことに、ついうっかり喜びの感情を抱いてしまった自分に、秀人はまた小さく舌打ちした。

（騙されるな。どうせ、なにか企んでるんだ）

あの夜だって、やっと想いを受け入れてもらえたと大喜びした直後に、あの最悪の裏切りが待っていた。

まさに天国から地獄。

持ちあげられてから叩き落とされるのはもうごめんだ。

『ヒデ？　おい、聞いてるか？』

「ああ、聞いてる」

返事がないことを不審がる幸哉に、秀人はあえて投げやりな口調で答えた。

「わざわざ呼ぶってことは、なにか用があるのか？」

『当然。なきゃ呼ばないよ。とにかく、なるべく早く来い。――待ってるからさ』

用件を言い終わるとすぐ、一方的に通話が切れる。

（まだ返事もしてないのに……）

幸哉は、自分が呼べば必ず秀人が来ると思い込んでいるようだ。

子供の頃ならともかく、いまだにそう思ってるとは驚きだ。

その相変わらずの自己中な態度に、秀人は酷く苦々しい気分になる。

（なんの用だろう。……やっぱり、この間のアレか？）

――あんたを愛してるんだ!!

また俺が消える、などとふざけたことを言われて、焦った挙げ句、ついうっかり口走ってしまった言葉。

自分の口から飛び出した本音に、秀人自身驚いた。

と同時に、なんで今さらと、自分自身の正気を疑った。

可愛い弟分だと散々甘やかし、一度は求愛を受け入れておきながら、あっさり身を翻して他の男のところに逃げて行ってしまった最愛の人。

裏切られたと確信したあの日、一途な想いは、そのまま不信と憎しみへと変わった。

それなのに、昔と変わらぬあの手で髪を撫でられると、妙に胸が苦しくなる。

行為の最中、もっと……とねだる幸哉の甘い声が快楽だけを求めてのものだとわかっていても、まるで自分自身を求められているような錯覚に陥ってしまう。

(今さらだ)

裏切られたと知ったあのとき、幸哉への愛情は捨てたつもりだった。

心底憎らしかったし、この手で捕まえて最低な奴だと罵りたかった。

だが秀人は、そんな衝動に必死で堪えた。

愛情の反対は無関心。憎しみを抱いてしまうのは、この心に幸哉への未練がある証拠のように思えて悔しかったからだ。

これ以上、幸哉に振り回されるのはごめんだと、幸哉の存在そのものを忘れ去ろうと努力してきた。

そんな努力も、玲奈に渡された紙切れ一枚で台無しになったが……。

（あいつ、俺が来るものだって信じて疑ってなかったな）

かつて、大貫の屋敷で幸哉と一緒に暮らしていた頃の秀人は、幸哉に呼ばれればなにをおいてもすぐにかけつけていた。

その頃の記憶があるから、あんな風に偉そうな口調で呼び寄せたのだろうが……。

（そうはいくか）

今の秀人は、幸哉の望みをかなえてやるつもりはこれっぽっちもない。

もう自分の思い通りにはならないんだってことを、幸哉はもっと思い知るべきだ。

――と、思っていたのだが……。

（なにをやってるんだ、俺は？）

待ってるからさ、という幸哉の声に操られるように勝手に身体が動く。

（違う。……勝手に逃げられないよう、釘《くぎ》を刺しに行くだけだ）

自分に言い訳しながら、秀人は車のキーを手に事務所を出た。

大貫花店の近くの駐車場に車を停めると、そこからは徒歩で目的地に向かう。

幸哉の店は比較的駅に近い場所にあり、通勤通学路でもあるのだが、駅前の繁華街からは駅を挟んで反対側になっていて、あまり商売に適した場所だとは思えない。

(商売っけがないな)

業種は違えど、自分も商売をやっている秀人には、大貫花店のあまりよろしくない経営状態が手に取るようにわかる。

イベント事のない月などは赤字の危険もありそうなのに、いったいどうやってパートを雇いつつ、店を維持しているのか不思議なところだ。

(男の影はもう見当たらないのに……)

幸哉が貢いだ男は、あの後成功を収め、複数のショップを都心に展開し、大きな複合施設にも進出するほどまでになっている。

だから、幸哉と再会したばかりのときは、まだふたりの関係が続いていて相手の男から援助を受けているのだろうとばかり思っていたのだ。

だが、二ヶ月通ってみた限りでは、幸哉には男の影は一切見られない。

白い肌に残る痕跡《こんせき》も、自分のものばかりだ。

(もしかしたら、別れるときに手切れ金でも貰ったのかもな)

なんだかんだで幸哉はかなりちゃっかりしているから、ただで別れるとも思えないし……。

そこら辺がずっと気になっていたのだが、直接聞く気にはなれなかった。

自分以外の男の話をする幸哉を見たくなかったからだ。

そんな風にして避けなければならない話題があることこそが、自分がいまだに幸哉に縛られている証拠のようで酷く腹立たしくもあったが……。

外灯に照らされた歩道を歩いて行くと、いつもは閉店している時間なのに珍しく店舗のシャッターが半分だけ開いていた。

すでに店の照明はほとんど落とされている。

ガラス戸越しに店内を覗くと、奥のほうに小さな灯りが見えた。

(こっちにいるのか？)

秀人は、試しにガラス戸を軽くノックしてみる。

すると店舗の奥から幸哉が駆け寄ってきて、鍵《かぎ》を開け中に招き入れてくれた。

「ちょうどいいタイミングだ」

幸哉がいつになく気安い口調で言う。

その顔に浮かぶのは、妙に楽しげな明るい笑み。子供の頃、悪戯《いたずら》を思いついたときに見せた表情と同じものだ。

「早く来い。今ならリアルタイムで聞けるぜ」

なにを？　と問う間もなく手首を掴まれ、花の香りが満ちた店内へと強引に引っ張られた。

(どうなってるんだ？)

再会して以来、一度も見たことがなかった懐かしい表情と強引な態度に秀人は戸惑う。

「ほら、これ」

幸哉が指差したのは、ファックスつきの電話機だった。

ちょうど電話がかかってきたところのようで、お決まりの『ピーという音の後に……』という留守電メッセージが流れている。

『幸哉！　おまえは誤解してる。あれはレプリカなんだ』

録音モードに切り替わった途端、聞こえてきたのは幸哉の伯父の声だった。

『どうしても欲しくなってしまってな。記憶を元に職人に作らせたんだ。宝石もただのガラス玉だし、なんの価値もない。秀人くんに見せたり、鑑定に出したりしたら恥をかくのはおまえだぞ』

とにかく連絡しろと、電話の向こうで伯父が酷く焦った調子でギャンギャン騒いでいる。

「……あんた、またあの屋敷からなにか盗んできたのか？」

「盗んじゃいない。取り返してきただけだ」

呆れ顔の秀人に、幸哉は偉そうに威張ると漆塗りの小箱を差し出した。

金粉が塗り込まれたその小箱の模様に、秀人は見覚えがあった。

「これ……もしかして……」

「そ。おまえのお袋さんの形見。中見てみな。レプリカじゃなく正真正銘の本物だからさ」

促されるまま蓋を開けると、やはり記憶にある模様の袱紗《ふくさ》が見えた。

そっと袱紗を開いた奥には、蝶を模《かたど》った懐かしい帯留めが入っている。

「買い戻してあったのか」

思わず呟いた言葉に、幸哉が「馬鹿言え」と文句を言う。

「買い戻すどころか、そいつはあの屋敷から一歩も外に出てないぞ。宝石店や古物商の手に渡ってたら、そんな脆《もろ》い箱に入れたままにしとかないだろ？　それに、その帯留めをよっく見てみろ。昔おまえがつけた傷だって修復されてないんだぞ」

子供の頃、幸哉に母親の形見を見せたとき、こうすると綺麗だと光に透かそうとして、うっかり庭の砂利の上に落としてしまったことがある。

そのときに宝石が一個外れて紛失し、彫金部分にも傷をつけてしまったのだが、幸哉の言う通りでまったく修復されていないままだ。

売り物にする為に買い取ったのなら、まず真っ先に修復するはずだろうに。

「いや、だが……」

秀人が戸惑っていると、「とにかく、まずこれを聞けって。笑えるからさ」と幸哉が留守電に吹き込まれた十数件ある伯父からのメッセージを再生した。

『幸哉！　おまえのやったことは泥棒だぞ！　わかってるのか！　警察に通報するぞ！』

最初のメッセージはそんな怒鳴り声からはじまっていた。

だが、件数が進むごとに徐々に声の調子が落ち着いてきて、『今なら大事にしないでやる。とにかく、秀人くんに会う前に、その帯留めを持ってこっちに戻っておいで』などと、まるで懐柔するかのような猫撫で声に変化していく。

その挙げ句に、さっきこの耳で聞いたレプリカ発言だ。

（……これは）

さすがに秀人も、この態度の変化と矛盾した発言の数々に不信を覚えた。

「な、笑えるだろ？──証拠の品を直接取り戻しに来たくても、おまえがここに出入りしてるって知ってるから、鉢合わせするのが怖くて押しかけて来れないんだ。小心者だよな」

留守電の再生を止めた幸哉が、楽しくて仕方ないと言わんばかりに、にやりと笑う。

子供の頃、秀人はそんな表情の幸哉に唆《そそのか》され、数々の馬鹿げた悪戯をやらかしたものだ。

それをついうっかり懐かしく思い出し、頑なだった心が少しだけ緩んだ。

「……これ、どうやってあの屋敷から持ち出したんだ？」

「伯父貴から、屋敷に来いって急に呼び出されてさ。で、まあ色々あって……蔵の鍵開けさせて、ぶんどってきた」

幸哉が得意そうに威張る。

（色々あってって……）

大事なところを思いっきりはしょったのは、たぶん面倒臭くなったからだ。

こっちは、その色々のところを具体的に説明して欲しいのだが……。

(昔からそうだったよな)

細かいことはいいからさ、と幸哉は面倒になると話を思いっきりはしょる。説明なんて面倒なことより、もっと楽しいことをしたいといつもその明るい表情が語っていた。

「その箱を俺が手に取ったときの伯父貴の間抜け顔、おまえにも見せてやりたかったよ。ぶつくぶく太ってるせいで、怒鳴るばかりでろくに追いかけてもこれなかったし」

「あの屋敷、けっこう使用人がいただろう。危ない目に遭わなかったか？」

「平気さ。追っかけられたけど、庭師のおじさんがこっそり裏口開けて逃がしてくれた」

いい人だよな、と笑う幸哉を見て、秀人は溜め息をついた。

(なにをやってるんだか)

外見だけなら楚々《そそ》とした美人にも見えるのに、中身は考えなしのやんちゃ小僧のまま。

残念なことこの上ない。

幸哉のことだ。

どうせ、なにも考えず、行き当たりばったりで行動したに違いない。

思い返すに昔からそうだった。思いつきで行動して、うまくいったら自分の手柄で、失敗すると、細かいことはいいからさとすぐ誤魔化してしまう。

（そういえば、あのときも……）

庭にブランコを作ろうぜと幸哉が言い出したのは、秀人が大貫の屋敷で暮らすようになってまだ半年経《た》たない頃だ。

ロープと木の切れ端でブランコらしきものをせっせと作りあげ、木に登って枝にくくりつけたのだが、ふたりしてブランコに乗った途端、子供ふたりの体重を支えきれなかった枝がバキッと折れ、地面にどすんと落ちて擦り傷を作った。

当然のことながら、危ないことはしちゃ駄目ですよと庭師に注意されたが、あのときも幸哉は適当なことを言ってその場を誤魔化していた。

それも、よりによって秀人のせいにして……。

『ごめん。庭にブランコがあったら楽しいかもって秀人が言ったとき、俺が止めるべきだったんだ。次からは危険がないよう、もっと気をつける』

殊勝な顔でぺこっと頭を下げてすぐ、秀人の怪我《けが》の手当をしなきゃと、また秀人の存在をだしに使ってその場から逃げ出した。

『言い出したのはゆきちゃんなのに、人のせいにするなんて狡《ずる》い！』

秀人が幸哉に文句を言えば、『ヒデはこの家のお殿様だからな。おまえがやったって言えば、文句言われなくて都合がいいんだ』とぬけぬけと言う。

『おまえだって楽しかっただろ？　終わったことに拘ったって意味ないぞ。——で、次はなにして遊ぶ？』

罪悪感のまったく感じられない、あまりにもあっけらかんとしたその明るい笑顔に、こっちの怒る気力も萎《な》えた。

自分勝手で自己中な幸哉に振り回され続けた幼い日々。

大量の打ち上げ花火にまとめて火をつけてみようとか、観賞用の高価な金魚や熱帯魚を庭の池に放そうとか、四歳年下の秀人でもそれはヤバイとわかる無茶を幸哉が言い出す度、慌てて止めた。

問題が起きれば、自分のせいにされるのがわかりきっていたからだ。

その度に幸哉からは、ヒデは真面目だなぁとからかわれて、そりゃもう腹立たしい思いもしたものだ。

故意に封印し続けてきた幼い日の記憶のあれやこれやが、次から次へと甦《よみがえ》ってくる。

（……俺、どうしてこいつを好きになったんだっけ？）

甦った不愉快な記憶の数々に、幸哉相手に恋に落ちた自分の趣味の悪さに思わず溜め息まで零れた。

「警察に通報されたらどうするつもりだ？　ガキの遊びじゃ済まないんだぞ」

「平気さ。通報して困ったことになるのは、俺じゃなく伯父貴だ。いくらなんでも、自分で自分の悪事を世の中にばらすような間抜けな真似はしないって」

「身内を犯罪者にしたくないだけかもしれないだろう？」

秀人の言葉に、「それは絶対にない」と幸哉が肩を竦める。

「向こうは俺を身内だなんて思ってないだろうしな。——なんだったら、俺がそれ持って警察に行ったっていいぐらいだ」

疚《やま》しいことなんてなにもない、と幸哉が威張る。

(偉そうに……)

ついでに言うと、なんだかやけに楽しそうでもある。

まるで、自分が仕掛けた悪戯が成功するのを浮き浮きして待っているような顔で……。

(そうだ、この顔だ)

かつて共に育った兄弟分の楽しげな表情。

再会して以来、見ることのなかった懐かしい表情に、秀人の記憶がまた刺激され、封印してきた思い出がぽろぽろと甦ってくる。

(……俺は、こいつに会うまで笑ったことがなかったんだっけ)

大貫の屋敷に引き取られるまで、秀人は孤独な子供だった。

愛人であった母親は万事において控えめな性格で、秀人にもそうであることを要求した。

決して不用意に目立たないよう、正妻とその子供達の邪魔にならないようにと……。

そのせいだろうか、秀人の胸には、産まれながらに日陰者扱いされることへの鬱屈した怒りが常にあった。

だから、母親が死んで本家に引き取られたときもその怒りのままに行動し、その結果として本家から追い出される羽目になったのだ。

当然、追い出された先の大貫家の人々にも最初から心を許すつもりなんてなかった。

でも……。

『チビ、なんでしゃべらねぇんだ？』

そう聞いてくる幸哉からは、なにか妙に浮き浮きした楽しげな雰囲気が伝わってきた。

素っ気ない態度を装っていても、こっちを見る目には隠しようのない好奇心が浮かんでいて、その態度に秀人は、俺はあんたを楽しませる為の玩具じゃないと反発心を抱いた。

思わず、『チビじゃない。俺は秀人だ』と口答えすると、幸哉はちょっと驚いたように目を見開いた。

『なんだよ。普通にしゃべれるんじゃねぇか。——なんで今までしゃべらなかったんだ？』

秀人？　とちゃんと名前を呼び、まっすぐ目を覗き込んでくるその顔。

印象的な甘い垂れ目とその口元には、こっちの気持ちまで浮き立ってくるような明るい微笑みが浮かんでいた。

（あれでやられたんだ）

こいつと一緒にいると、なんだか楽しそうだ。

瞬間的にそう感じて、うっかり気を許してしまった。

むかつくことは多々あれど、幸哉と一緒にいると、圧倒的に楽しいことのほうが多かったのは事実だ。

なにして遊ぶんだ？　と聞いてくる浮き浮きした態度に、こっちの気持ちもつられて高揚する。

失敗して怒られたり怪我して痛い目に遭っても、幸哉は落ち込んだり萎《しぼ》んだりしない。

細かいことは気にしたってしょうがないとすぐに立ちなおり、次はなにをする？　と懲りずに楽しげに誘ってくる。

日陰者だからと押さえ込まれ鬱屈して育った自分にはない、その図太いほどの明るさが、秀人は眩《まぶ》しくて堪らなかった。

そして、幸哉と楽しく遊んではしゃいでいる最中にふと思い出した。

以前の自分が、決して声をあげて無邪気に笑ったりしない子供だったことを……。

(それで、またうっかり感謝しちまったんだ)

感謝して、この楽しい人とずっと一緒にいたいと願った。

やがて心も身体も成長し、子供の頃にはただ腹立たしかった幸哉の自分勝手で自己中なところでさえ愛嬌《あいきょう》だと思える余裕が持てるようになった頃には、その願いは恋へと変化してしまっていた。

――おまえ、顔つき悪くなったな。

再会した夜、幸哉はそう言ったが、それも当然のこと。

かつての秀人は、幸哉がいたからこそ笑えていたのだ。

幸哉の無頓着《むとんちゃく》さと明るさが、秀人の中のどうにもならない鬱屈した怒りを押さえ込んでくれていただけで、本来の秀人は決してほがらかな性質の人間ではないのだから……。

だから幸哉を失うと同時に笑顔をなくし、人生を楽しむ術《すべ》も見失った。

それ以降は、面白くもない人生を、ただ惰性で生きているようなものだったのだが……。

(俺は、なにも失ってなかったのか?)

大貫に騙されて、失ったと思わされていただけだったのだろうか?

留守電に吹き込まれている矛盾する言葉の数々に心が揺れる。

この手に母親の形見の帯留めが戻ってきたように、幸哉との関係もまた元通りになるのだろうかと……。

――あんたを愛してるんだ!!

思いがけず口から飛び出した本音の言葉。

愛しているからこそ、九年経ってもなおこの心は裏切られたという怒りにしつこく凝り固まっていたのだ。

幸哉の居場所を思いがけず知らされて訪ねずにはいられなかったのも、一度抱き締めた身体を、どうしても手放すことができなくなったのもそのせいだ。

（だからって、今さら……）

元通りの関係に戻ったからといって、自分になにか得になることがあるのだろうか？

そんな風に考えてしまうのは、秀人が世慣れた大人になったからだ。

高校生の頃のように、ただ好きだからという情熱だけで突っ走ることはもうできない。

「お、またかかってきた」

秀人は、再びのコール音に浮き浮きしている幸哉を改めて眺めてみる。

そつなく整った顔立ちに独特な魅力を与えている個性的な甘い垂れ目、そして快感に素直なしなやかな甘い身体。

外見だけ見れば、手に入れる価値は充分にあるのだが……。

（まあ、顔はどうでもいいか）

魅力的な外見は自分以外の男達まで惹きつけてしまうから、むしろ厄介だ。

（って、高校生の頃も同じように考えてたんだっけ）

自分以外の誰にも見向きもされないぐらい、幸哉がもっと地味な顔立ちだったらよかったのにと……。

あの頃の秀人は、幸哉が大学生になると同時に夜遊びするようになったせいで、かなり焦っていた。

四歳年上で、自分より一足先に大人になっていく幸哉の世界は広がっていくばかり。このままだと、自分が知らないうちに、他の誰かに奪われてしまうんじゃないかと毎日が不安で堪らなかった。

恋心を打ち明けたにも関わらず、幸哉はそれまで通り弟分として自分を扱う。いつものようにじゃれついてこられて髪を撫でられたりする度に、力ずくででも手に入れてしまいたいと焦る気持ちを抑えるのに、どれほど苦労したことか……。

「――そうだ！」

秀人の思考を遮るように、留守電に耳を傾けていた幸哉が、いきなりパンッと両手を打ち鳴らす。

「今から、その帯留め持って、一緒に大貫の屋敷に行こうぜ」

「一緒にって……。なんで俺まで？」

「もちろん、伯父貴の反応を見る為だよ。俺達がその帯留め持って一緒に顔出したら、きっとあたふたして面白いぞ」

「面白い？　あんた、あの男に濡れ衣《ぎぬ》着せられて腹が立たないのか？」

頑固な秀人でも、ここまできたらさすがに九年前のことは自分達を引き離す為の大貫の罠《わな》だったのだろうと認めるしかなくなっている。

こんな稚拙《ちせつ》な罠に引っかかってしまったあの頃の自分の幼さと単純さが恥ずかしいし、それ以上に騙してくれた大貫に対する怒りが沸々と湧いてきている。

自分でさえこうなのだから、幸哉はもっと怒ってしかるべきだと思うのだ。

泥棒の濡れ衣を着せられただけじゃなく、その嘘を信じ込んでいた自分から怒りのままに犯され、辱められ、この二ヶ月というものそれはもう酷い目に遭ってきたのだから……。

「面白がるより、復讐してやろうって考えるのが先じゃないか？　それに、その……騙されていたとはいえ、俺があんたにしたことだって許されるようなことじゃないだろう？」

秀人は、気まずさを押し殺して聞いてみた。

「どうでもいいよ、んなこと」

だが幸哉は、軽く笑みを浮かべて肩を竦める。

「そんなことよりさ、やっと俺を信じてくれる気になったみたいじゃねぇか？」

（そんなことよりって……）

浮き浮きと期待に満ちた目で見つめてくる幸哉の態度に、秀人は呆然とする。

許すとか許さないとか、本当にどうでもいいらしい。

幸哉の興味が向かうのは、これから先。

あの垂れた目には、未来しか見えていないのだ。

（単に、拘るのが面倒臭いだけって可能性もあるか）

底抜けに明るくて前向きなのか、それとも単に究極の面倒臭がりなのか。

どちらにせよ、ここまで徹底して能天気な幸哉を目の前にしていると、過去に拘ってぐずぐずしている自分が馬鹿みたいに思えてきてしまう。

だが、どうしてもひとつだけ捨てられない拘りがある。

「吾妻隆《あずまたかし》とはどうなってるんだ？」

「吾妻？　それ、誰？」

「アズマだよ。渋谷や下北にショップを展開してる」

「ああ、テレビのバラエティで見たことあるな。確か、ＡＺとか言われてるデザイナーだろ？　そいつがどうかしたのか？」

「……直接、会ったことは？」

「ない。……あっ！　もしかして、俺が貢いだことになってんのって、そいつか？」

「そうだ」

認めたくないことだが、何年もの間ずっと秀人が密《ひそ》かに嫉妬してきた相手でもある。

秀人が頷《うなず》くと、幸哉は得意そうな顔になった。

「へえ、ってことは、ＡＺが成功したのって、もしかしなくても俺のお蔭《かげ》かぁ」

「お蔭って……」

（そういう問題か……）

その男は、金の為だけに一度も会ったことのない幸哉を平気で落とし入れたというのに、恨みに思うとか、仕返しをしようとか、そういう発想にならないとは……。

「……ったく、あんたには負ける」

なんだか気が抜けてしまって、秀人は苦笑を零した。

（本当に全然変わってないんだな）

幸哉は昔から嘘だけはつかなかった。

気まずいことがあっても、嘘をついたり騙したりと面倒なことはせず、細かいことは気にするなとあっさり開き直ってしまっていたからだ。

事情はまだよくわからないが、自分を裏切っていないという幸哉の言葉だけは、真実だと信じてもいいんだろう。

（こいつを手に入れることが損か得かって言ったら、圧倒的に得だな）

幸哉と一緒だと面倒事に巻き込まれそうな予感はあるが、それ以上に、この人生が刺激的で楽しいものになるのは間違いない。

順調に成功して人々から羨ましがられる立場を手に入れても、秀人はそんな自分に満足感を覚えたことがない。

どこか空虚で、いつも退屈だった。

だが、幸哉を手に入れれば、きっとそれも変わる。

（今度は絶対に手放さない）

身体だけじゃなく、心も手に入れる。
弟分としてではなく、今度こそひとりの男として自分を幸哉に認めさせてやるのだ。
そんな決意を胸に、秀人は浮き浮きと期待に満ちた幸哉の目を静かに見つめ返した。
「降参だ。——俺は、あんたを信じるよ」
そう告げた途端、幸哉の甘い垂れ目が本当に嬉しそうに和んでいく。
自分だけに向けられたその甘い微笑みに、秀人は満足してその目を細めた。

6

――その数時間前。

（見つけた！　この箱だ）

大貫の屋敷の蔵の棚の奥、金箔が塗り込められた漆塗りの小箱を見つけて、幸哉の鼓動は一気に跳ね上がった。

そんでもって、その箱を手にした自分を見た伯父の狼狽えるさまは、そりゃあ愉快だった。

「こら幸哉、それを返せ！」

慌てふためき取り戻そうとする伯父から逃れて正門に向かったが、使用人達に行く手を阻《はば》まれ、とりあえず広い庭へと逃げる。

その途中、少し離れた木陰から懐かしい庭師が顔を出し、ジェスチャーで裏口へ行けと指示してくれたので、追いかけてくる使用人達を避けるようにして裏口へと全速力で走った。

（まるで、鬼ごっこだな）

いい年をした男達が本気で鬼ごっこをしているなんて、考えてみるとなんとも間抜けで、だからこそやけにおかしい。

幸哉は、走っているうちになんだかむしょうに楽しくなってきた。

裏口から首尾よく外に出てタクシーに飛び乗った後、我慢できずにひとりでげらげらと大笑いしてしまったぐらいだ。

（ここに、秀人もいればいいのに）

タクシーの中でやっと笑いの発作が治まったとき、幸哉は自然にそんなことを思った。

楽しい気分はひとりだとすぐに醒《さ》めるが、共有する相手がいれば、キャッチボールのように何度も跳ね返って何倍にも長持ちするものだから……。

（また昔みたいに、一緒に笑い転げたいな）

身体だけ繋げるような不自然な関係ではなく、普通に笑い合える関係に戻りたい。

手の中の小箱は、その望みをかなえる為の重要なアイテムだ。

頑固な秀人相手にこれだけでは少々心許《こころもと》ないが、母親の形見の品は、心を開かせる突破口にはなってくれるはずだった。

思いがけずいいものを手に入れたと、幸哉は手の中の小箱を眺めて微笑む。

行き当たりばったり、その場の思いつきで動いてみたのだが、思いの外うまくいった。

案ずるより産むが易《やす》し、どうしようかと思い悩むより、とりあえず動いてしまったほうがいいみたいだ。

（なんか、俺。やり方を間違ってたのかもしれねぇな）

入り組んだ袋小路に迷い込んでいる秀人を出口まで誘導する方法をぐずぐず考えてないで、

無理矢理にでも手を繋いで強引に引っ張り出してしまえばよかったのだ。跪《ひざまず》いて、なだめすかし、頼むからと懇願して顔色を窺《うかが》うだなんて、あまりにも自分らしくないやり方だ。

九年もの間、柄にもなく過去を振り返ってはぐずぐずと甘い記憶を反芻《はんすう》し続けたり、猫を被っておっとり微笑むお花屋さんを演じていたせいで、ちょっとばかり自分を見失っていたのかもしれない。

もっと強気に、ぐだぐだ言ってねぇでとりあえず俺を信じろ！　と、ぐいぐい押していけばよかった。

こっちが下手に出てしまったことで、秀人を調子づかせてしまった可能性だってある。以前とは違うそんな態度が秀人に違和感を与え、やっぱりおかしい、信じられないと思わせる原因になっていたのかもしれないし……。

（いや、そもそも、全部ヒデが悪いのか）

自分らしさを取り戻すべく、幸哉はよいしょと秀人にすべてを責任転嫁してみた。

秀人が以前とは違う投げやりな雰囲気を身に纏《まと》っていたから、ついこっちもペースを狂わされてしまっていた部分があるからだ。

だから、やっぱり秀人が悪いのだと……。

でも、もう間違えない。

話を聞いてくれと頼むのではなく、無理矢理にでも聞かせてやるのだ。

その場は強引なセックスで流されたとしても、正気に返った後で追いかけてでもこんなやり方は狡いと文句を言ってやる。

淫乱だ、スキモノだと罵られたら、こういう身体に仕込んだのはおまえだと、得意の責転嫁で攻めてやる。

もう絶対に、押し負けたりしない。

そう心に決めて店に帰った幸哉を待っていたのは、伯父からの電話だった。

自白ともとれる数々の証言を不用意にも留守番電話に残したのは、伯父がいまだに幸哉を侮っている証拠だ。全財産を奪われてなお反撃せず大人しくしていた幸哉が、今さら自分に攻撃してくるとは思ってもみないのだろう。

(伯母さんが生きてたら、さすがに止めただろうに……)

以前の幸哉が大人しく言うことを聞いていたのは、すべて母親の為だ。

その母親が死んだ今、伯父の言葉に従う理由などどこにもない。

そんなことにすら気づかぬままボロを出しまくってくれる伯父の声に、幸哉は、かつて得意だった、にやりとした悪い笑みをわざと浮かべてみた。

――そして今、秀人の口からは望んでいた言葉が。

「俺は、あんたを信じるよ」

(よし、やっと笑ったな)

にこっと全面に喜色を浮かべていた子供とは違う、目元と口元を穏やかに和ませた大人びた微笑み。

でも、心から嬉しそうなその顔に、もう大丈夫そうだと幸哉はほっと胸を撫で下ろす。

自らが産み出した不信という棘《とげ》で、秀人が自分自身を傷つけることはもうないのだと……。

と、同時に、さてこれからどうしたらいいものかという新たな悩みが発生する。

子供の頃だったら、ちょっとした喧嘩をしても仲直りすればすぐに元通りになれていた。

だが、今回は仲直りまで九年もかかってしまったのだ。

大人びた笑みを浮かべる秀人は、幸哉が知っている生真面目で頑固で一途に自分だけを慕ってくれていた、高校生の頃のあの少年ではなくなっている。

社会的責任を担う立場もあり、様々な経験も積んで大人になった今の秀人と、どうやってつき合ったらいいものか、これがさっぱりわからない。

(昔だったら、じゃれついて頭を撫でてるところだけど……)

だが、ここ最近のふたりの関係を思うと、気安くその身体に触れるのもためらわれる。

やがて、悩むのが面倒になった幸哉は、気分を切り替えるべくパンッと両手を合わせた。

「よし。じゃ、一緒に大貫の屋敷に行こう！」

誤解が解けた今となっては、伯父のことなど本当はもうどうでもいい。

だが、さっきからじゃんじゃんかかってくる留守番電話が鬱陶《うっとう》しいし、伯父が秀人の資産を狙《ねら》っている件もあるので、とりあえず直接乗り込み、無駄な企みはもう止めて、自分の尻は自分でぬぐえと釘をさしておいたほうがいいだろうと思ったのだ。

が、秀人は「断る」とつれない返事だ。

「俺はあんたと違って、行き当たりばったりで動くのは嫌いなんだ。今あの男に会いに行っても意味がないしな」

「そっかぁ？　騙されてたんだから、とりあえずひと言ぐらい謝罪させたほうがいいんじゃねぇの？　おまえ、昔から妙なとこ生真面目だったし、なあなあで流しちゃったら気持ちの切り替えもできなさそうだしさ」

「俺が真面目なんじゃなくて、あんたが適当なんだよ。——それと、俺は謝罪程度であの男を許してやるつもりはないからな」

「なんか物騒だな。……なにする気だよ？」

「とりあえず、あんたの話を聞いてから決める」

「俺の話って？」

きょとんとした幸哉に、秀人は呆れたような溜め息をついた。

「九年前の失踪《しっそう》の原因をまだまったく教えてもらってないだろう。まずはそこからだ。——あの男だって、あんたが失踪することを知った上で、あんな馬鹿げた大芝居を仕組んだんだ。なにか俺が知らなかった裏が絶対にあるはずだ」

「ああ、それなら前にも言ったけど、母さんの看病の為に屋敷を出たんだよ」

「……あんた、俺と出会った頃、両親は死んだって言ってなかったっけか？」

「いないとは言ったが死んだとは言ってない。親父は死んでたが、母さんのほうはまだ生きてたからな」

「あの頃、あんたの口から母親の話を聞いたことが一度もないのに？」

胡散《うさん》臭そ〜な顔で秀人が聞いてくる。

「そりゃそうだ。伯父貴からは、母親の話題は口に出すなって言われてたから」

「どういうことだ？」

「ん〜、どういうことって言われてもなぁ」

幸哉は、思わず天井を仰いだ。

そこら辺の事情から説明するとなると、話すことが多すぎて正直面倒臭かったのだ。

過去の嫌なことをあれこれ話して、わざわざ嫌な記憶を掘り起こすのも不愉快だし……。

「もう済んだことだし、昔のことなんてどうでもいいだろ？」

な？　と同意を求めてみたのだが、秀人はやっぱり頷かない。

「俺はどうでもよくない。今日は俺が知らないあんたの過去をなにもかもすべて話してもらうからな。——ああ、ついでに、この帯留めを取り戻した経緯も詳しく話してもらおうか」

吐け、と秀人が厳しい顔で言う。

(……怖っ)

誤魔化しを許さない厳しい眼差《まなざ》しと高圧的な口調は、やっぱり昔とはまったく違っている。大人になった秀人の声に、幸哉は思わず首を竦めていた。


伯父からひっきりなしにかかってくる電話がうるさくて気が散るので、とりあえずふたりして二階の住居スペースに移動した。

長丁場になりそうだからまず珈琲《コーヒー》を淹《い》れ、カップ片手にふたりしてソファに座り、両親の離婚にまで遡《さかのぼ》って話をはじめる。

(ったく、面倒だなぁ)

過去のことを話せば話すほど、秀人の眉間の皺がくっきりと深くなっていく。

わざわざ不機嫌になるような話を聞かなくてもよさそうなものなのにと思いつつ、秀人に促されるまま、九年前の失踪の原因や母親と暮らした日々のこと、そして花屋を開いた理由や、今日屋敷を訪ねた理由等々、細かいところまですべて白状させられた。

「――で、帯留めは取り戻したし、伯父貴も留守電でボロ出しまくってくれたから、もう大丈夫だろうと思っておまえを呼んだわけだ」

幸哉がなんとかそこまで説明し終えると、秀人はこれみよがしに深々と呆れたような溜め息をついた。

「なんだよ。なんか文句あるのか？」

「ある。――そこまでされて、なんで怒らないんだ？」

「怒っちゃいるけど、すぎたことだしさ。それに母さんも無事に看取ってやれたから、もうどうでもいいんだ」

怒ったところで、過去は変えられない。

秀人の信頼も取り戻せたことだし、わざわざ過去に拘って、暗い気持ちを自分の中に引き込みたくはなかった。

「切り替えが早いというか……。あんたは、ちょっとばかり諦めが早すぎる」

「あ〜、それは確かにそうかも……」

言われてはじめて、幸哉は自分のそんな部分を自覚した。

(やっぱ、親父のせいかな)

幸哉にとっては優しくて甘い父親だったが、母親にとっては最悪の夫だった。

大好きだった父親が、大好きだった母親を不幸に突き落とした。

怒りは覚えたが、それで父親に対する態度を変えることはできなかった。

母親の不在だけで充分に寂《さび》しかったから、いま側にいてくれる父親を怒って遠ざけてしまうような真似をしたくなかったからだ。

そのせいで、過去の怒りを今に引きずらず、それはそれ、これはこれと、あっさり気持ちを切り替える術を身につけてしまったのかもしれない。

「俺はこれでいいよ。憎いとか悔しいとかいう気持ちを引きずって暗い気持ちで生きるより、少しでも楽しい気分でいたいしさ」

そんな幸哉の言葉に、秀人がまた深々と溜め息をつく。

「あんたの諦めの早さのせいで、巻き添えを食った俺の身にもなってくれよ」

「はい？」

「九年前、あっさりあの男の言うことを聞いたりせず、もうちょっとあがいて欲しかったって言ってるんだ。せめて俺に打ち明けて相談してくれていたら、なんとかなったかもしれないのに……」

「そんなん無理だって」

あの頃の秀人は、腹芸のひとつもできないような生真面目な高校生だったのだ。相談したところで、なんの解決にもならなかったはずだ。

と、幸哉は笑い飛ばしたのだが……。

「俺は無理でも、うちの親父ならなんとかできてた。あの男がうちの親父に頭が上がらないってこと、あんただって知ってただろう？」

「…………あ」

そんな秀人の言葉に、言われてみれば確かにそうだと幸哉は絶句する。

「そんな裏技、思いつきもしなかったって顔だな。誰かに相談とかしてなかったのか？」

「してない。心配かけたくなかったから、母さんにも言わずにいたし……」

「大学の先輩とか、友達は？」

「ないない。あの頃は家の事情を話せるほど深いつき合いの友達はいなかったから」

「そうだったか？　けっこう友達と出歩いてたイメージがあるのに」

「よく言うよ。誰かさんがさっさと帰って来いってしつこく言うから、こっちは仕方なくつき合いを断ってたってのに……。ろくにサークル活動もできなくて、大学じゃけっこう浮いてたんだからな」

コンパに出たのも最初の頃だけだったし、ゼミ系の飲み会にはつき合いもあって顔だけは出していたが、二次会まで行ったことはなかった。

飲んでいる最中ちょくちょく秀人から送られてくるメールが気になったし、帰宅してすぐ仏頂面の秀人に出迎えられるのが嫌だったせいもある。

あんな顔を見せられるぐらいだったら、最初から参加しないほうがマシだったのだ。

だがそのせいで、世間一般で言われるところの楽しい大学生活を送り損ねたことが少しだけ不満だったことを思い出し、幸哉はむすっとした顔になる。

一方、秀人は楽しげに唇の端を上げた。

「へえ、そうだったんだ。案外、俺の言うこと聞いてくれてたんだな。――じゃあ、あの頃、本当に恋人もいなかったのか？」

「いるわけないだろ。大学に入ったばかりの頃に興味半分で出てたコンパで知り合った子とかに誘われて、ちょっと遊んだことはあったけどさ。それだって二、三回程度だし……」

「そのわりに、色々と慣れてたみたいじゃないか……。俺の童貞食ったときのこと、忘れてないよな？」

「あれは……」

兄貴分として、経験豊富なふりを装いたかっただけだ。

ってことを今の秀人に言うと、見栄《みえ》を張ってたのかと笑われそうだ。

(今じゃたぶん、立場逆転してるしな)

こんなことならもっと遊んでおけばよかった、などと、負けず嫌いな幸哉が妙な後悔をしていると、隣に座っている秀人が、「そういえば……」とこれみよがしに小さく思い出し笑いをした。

「なんだよ」

「この間、相手したことのある男は俺だけだって言ってたよな。ってことは、俺に無理矢理乗っかってきたとき、あんたけっこう無理してたのか？　――あのとき、確か」

秀人の視線がちらりと幸哉の股間に注がれる。

「そこも萎えてたっけ」

無理してたのか？　とからかうように顔を覗き込まれ、幸哉は慌てて反対側に顔を背けた。

（――ヤバッ）

まさか、九年も経ってから、あのときのことを蒸し返されるとは……。

「俺にははじめてで失敗しても笑わないとか言っといて、実は自分もはじめてだったとはね」

驚いたな、たいした見栄っ張りだと、秀人の楽しげな声が耳元で響く。

幸哉は顔を背けたままで、かっと頭に血を昇らせた。

「うっせぇ。ころっと騙されてた癖に、今さら偉そうに」

「そりゃ騙されるさ。こっちは初心《うぶ》な高校生だったんだ。ずっと恋い焦がれていた人を抱けて有頂天にもなってたしな。……それに、辛かったのは最初のうちだけで、あんたけっこうすぐに気持ちよくなってただろ？」

「……っ」

またしても事実を指摘されて、羞恥心《しゅうち》からまた頭に血が昇る。

「俺の上で気持ちよさそうに、身体くねらせてたじゃないか。……想像してたよりずっとエロくて綺麗で、こっちは眺めてるだけでいきそうになって、けっこう焦ってたよ」

「想像って……。そんなことしてたのかよ？」

「当然。俺があんたへの恋心を自覚したのは……そうだな、中学の半ばくらいか。あの頃からずっと、頭の中であんたを裸に剝《む》いて撫で回してたよ」

撫で回してた、という言葉に、ざわわっと肌が甘く粟立《あわだ》つ。

「もちろん、今もな」

「は？」

「今からどうやってあんたを抱いてやろうかって、頭の中でシミュレーション真っ最中だ」

（シミュレーション？）

ってことは、今この瞬間、秀人の頭の中に、服を引っぺがされて組みしかれ喘《あえ》いでいる自分がいるのだろうか？

「お、おまえ、よくそういうこと恥ずかしげもなく言えるな」

そっぽを向いていても、秀人の視線が舐《な》めまわすように全身を見ている気配がして、自然に身体が熱くなってくる。

「言えるさ。知ってるだろう？　俺はあんたを愛してるんだ。あの頃から、ずっとな」

もちろん今も……と、秀人の視線ではなく腕が幸哉の身体にするっと絡んできて、引き寄せられる。

そっぽを向いたままでいると、捻《ひね》った首筋に唇が押し当てられ、びくっと身体が震えた。

「あんたは？」

「なに？」

「俺のこと、どう思ってる？　弟分のままか？……いや。ここ最近、酷いことをし続けてきたから、もっと格下げになってるか？」

「そんな……ことねぇよ。ここ最近のことは、ホントにもうどうでもいいんだ。……おまえがどうしてあんな真似をしちまったのかも、今ならわかるし……」

あれは騙されていたが故の行為だ。

それがわかっているから責める気にはなれない。

それに、憎んで蔑むその裏に、消えない自分への愛情があったのだと思えば、むしろ今となっては嬉しいぐらいだ。

伊達に一緒に育ってきたわけじゃないからなと、幸哉は安心させるように言った。

「そっか。とりあえずよかった」

ほっとしたような吐息が首筋にかかり、肩に秀人の額《ひたい》が押し当てられる。

身体に巻きついた腕の力がゆっくりと増していき、引き寄せられた背中が秀人の胸にぴったりと押しつけられてしまう。

（……くそっ、なんだよ、これ）

背中越しに、普段より速い秀人の鼓動を感じる。

同時に、自分の鼓動も同じように速くなっていくのを感じて、幸哉はひとりで焦った。

この二ヶ月、この腕に何度も抱かれてきた。

散々あられもない痴態を晒してきたというのに、ただ抱き締めてくる腕の力や背中に感じるぬくもりを、必要以上に意識してしまう自分がやけに気恥ずかしい。

狼狽えていることを気づかれたくなくて、幸哉は秀人に顔を背けたまま、その腕を解《ほど》いて立ち上がった。

「珈琲……新しいの淹れてくる」

緊張のあまりギクシャクして、足がうまく動かない。

のろのろとキッチンへ向かうと、追いかけるように立ち上がった秀人に「まだ返事が途中だ」と抱きすくめられて止められた。

「あんたは俺をどう思ってるんだ？――それをはっきりしてもらわないと、この先あんたにどう接していいかわからない」

（そんなの……）

幸哉の心の中では、もうとっくにはっきりしていることだった。

昔も今も同じ、秀人は可愛い弟分で、恋心を意識したたったひとりの男だ。

離れていた九年の間にすっかり大人になって、変わった部分もあるだろうけど、それでも一番大事な存在であることは変わらない。

が、それを口にするのが、なんだか妙に照れくさい。

（なんでこいつは平気なんだ？）

昔も今も、秀人は照れる様子もまったくなく、好きだ、愛していると口にする。

とてもじゃないが、それは幸哉にはできない芸当だった。

（でも、言わないとさすがにまずいか）

九年間も無駄に待たせてしまったのだ。

これ以上、引き延ばすのはさすがに可哀想だ。

と思って、恐る恐る振り向いて秀人の顔を見たのだが、あまりにも秀人の顔が真剣すぎて、その気迫に飲まれ、逆に声が詰まってしまう。

（なにびびってんだよ。さっさと言え）

そんな自分を自分で急かしていると、先に秀人が口を開いた。

「まだ弟分だって言うんなら、この腕を放すよ」

秀人は、少しだけ幸哉を抱く腕の力を緩めた。

「え？」

「弟分には弟分なりの距離感ってものがあるからな。……それで、また一からあんたを口説き倒すから」

覚悟しろよ、と言われて、幸哉は思わず秀人の腕の中でのけぞった。

「く、口説くって、どんな風に？」

「酷い目に遭わせたぶん優しくする。望みがあればなんでもかなえてやるし、とことん甘やかしてやる。毎日あんたに愛を囁いて、俺を愛してくれと懇願する」

「ま……いにち？」

「そう、毎日。ちゃんと弟分の距離感を保って口説き続ける」

好きだ愛してると毎日のように囁かれる？

想像した幸哉は、思わず眉間に皺を寄せた。

「……ちょっ、勘弁しろよ」

「そんなに俺に口説かれるのが嫌なのか？」

「…………嫌に決まってる」

「俺相手に、恋愛感情は一切持てないってことか」

秀人の表情が、すうっと硬くなった。

「ちがっ、違うって！」

幸哉は慌てて、首を小刻みに振る。

熱烈に口説かれたとして、それにどう反応したらいいのかがわからない。

照れまくって赤くなればからかわれるだろうし、素っ気ない態度で押し通すこともできやしない。

（あの頃は、平気だったけど……）

高校生だった秀人から熱い視線を向けられていたときは、内心の動揺を隠すことができていたし、愛を請うその視線にちょっとした優越感を覚えるゆとりすらあった。

でも、今も昔も変わらず秀人を愛していると自覚した今となっては、もう無理だ。嬉しすぎて、平静ではいられない。

観念した幸哉は、「逆だ」と、照れ隠しでそっぽを向いて呟いた。

「口説かれるなんて、んな小っ恥ずかしいこと、ごめんだって言ってるだけだ……。その……俺だって、九年も前からおまえと同じ気持ちなんだから」

「同じって？」

「同じって言ったら同じだよ。わかるだろ？　な？　わかるよな？」

わかれよ、と幸哉はなあなあで済ませたがったのだが、それを拒む秀人に、顎《あご》を掴まれて無理矢理秀人のほうをぐいっと向かされた。

「はっきり言ってくれ」

頑固そうな凜々しい眉をきっと上げた秀人にじいっと見つめられて、照れくさくなった幸哉は、またそっぽを向いた。

「す……好きだったって言ってるんだ」

「九年前から？　なんであのとき、それを俺に言ってくれなかったんだ？」

「いや、だって……あの頃、おまえまだ高校生だったし……。一過性の気の迷いかもしれなかったじゃないか」

「……へえ。つまり、俺の気持ちを全然信じてくれてなかったってわけだ」

不満そうな声に、幸哉はまた慌てて首を小刻みに振る。

「いや、そうじゃなくて……俺のほうの問題なんだ。だから……その……こっちがその気になった後で、気の迷いだったとか言われたらとか色々考えてたら……その……怖くなっちゃってさ」

自分が男相手に恋をしていると周囲に知られることも怖かった。

とは、さすがに言えずに、そこだけは言葉を呑み込む。

「あのとき、ちゃんと答えてやれなくて悪かったよ。……ごめん」

「あんた、案外臆病《おくびょう》だったんだな」

「うっせ。この俺が謝ってやってるんだから許せよな」

「相変わらず偉そうだ」

呆れたように秀人が言う。

「嫌いになったか？」

「なるわけないだろ。あんたが偉そうなのは昔からなんだから……。――まあ、特別に許してやるよ。惚れた弱みだ」

しょうがねぇなぁ、と、秀人はかつての幸哉の口癖をわざと真似して言った。

「馬鹿、それは俺の台詞《せりふ》だろ」

振り返り、真似するなと怒ると、秀人が肩を竦めて軽く微笑む。

その大人びた余裕の仕草に、改めて九年の歳月を感じて胸が痛む。

「……おまえ、ホントに大きくなったな」

「今さらなに言ってるんだ」

「再会したときに言えなかったから、言っとこうかと思って」

「そうか……。じゃあ俺は、言い直しとくよ。――誤解してたときは腹が立ったけど、でも今は、あんたが変わらずにいてくれたことを嬉しいと思ってるって」

「自分勝手で自己中で？」

「で、偉そうで意地っ張りなんだ」

「うっせ」

幸哉は苦笑しながら、秀人からまた視線を外した。

「九年も返事を待たせてごめん」

「うん」

「あと……待っててくれて、ありがとう。その……すげー嬉しい」

この機会を逃したらきっと一生言えないままだと、喉元《のどもと》まで赤くなりつつ恥ずかしさを堪えて本心を告げる。

その途端、身体に絡む腕の力が強くなり、ぎゅうっと抱きすくめられた。

俺も嬉しい、と耳元で囁く声は、絞り出すように苦しげで……。

(なんでもっと喜ばねぇんだ?)

秀人を喜ばせてやるつもりだった幸哉は、やっぱり不満に思ったのだった。


ぎゅうっと抱きすくめられたまま、いつの間にかずるずるとベッドまで移動させられていて押し倒された。

しっとりと、じっくり味わうようなキスをしているうちに、次々に服もはぎ取られていく。

その手慣れた感じに幸哉がなんとなくむっとしていると、首筋に唇を這わせていた秀人はやけに嬉しそうに小さく笑う。

「な、なんだよ」

幸哉はくすぐったさに、軽く首を竦めた。

「ボディソープの香りがする。俺に抱かれる為に綺麗にしてくれてたのか?」

「ちがっ、これは鬼ごっこして汗かいたから、着替えついでにシャワー浴びただけだ。おまえのためじゃねぇよ」

ぶっちゃけ半分ぐらいは正解なのだが、抱かれることを期待していたと素直に認めるのは照れくさすぎて、幸哉はわざと仏頂面になる。

「それもそうか……。今までのことを思えば期待するのは虫がよすぎるか……」

秀人は顔を上げると、幸哉の顔を覗き込んだ。

「今まで随分と勝手な真似ばかりしてきたから、今日はあんたの望むことなんでもしてやるよ。――どうして欲しい？」

（んなこと聞かれても……）

縛られるのは嫌だったが、それ以外のことで秀人とのセックスに不満を感じたことはない。心の伴わない行為だというのに、秀人の腕の中で蕩けるほどの喜びを感じてしまう自分に、自己嫌悪を感じていたぐらいなのだから……。

「おまえに任せる。さっき、シミュレーションしてたんだろ？」

幸哉は、考えるのが面倒になって言った。

その途端、秀人は「いいの？」とそりゃもうにっこりと嬉しげに笑う。

「……いや、ちょっと待て。先に確認しとく。――なにする気だ？」

「喜ばせてやるよ」

秀人はにっこり微笑んだまま、軽くびびっている幸哉の頬《ほお》に手の平で触れた。

「あんたのその滑らかな肌に、この指と唇でくまなく触れて……」

全身に愛を込めたキスをして、ゆっくりじっくり快感を高めてあげる。そうするうちに昂《たか》ぶってくるだろう幸哉自身にも触れ、ふやけるほどの可愛がってあげて、出るものがなくなるほど可愛がり尽くしたら、次は後ろの蕾《つぼみ》の番……。

「再会した夜、ろくに前戯もしないで痛い目に遭わせたからな。そのぶん今夜は、自分のことは二の次で、あんたを喜ばせることだけに専念してやるよ。——まずは足の指から……」

ぐいっと足首を摑まれ、小指の先から舐められそうになった幸哉は、「ちょっ、待て待てっ！」と慌ててその足で秀人の肩を蹴り飛ばした。

「なにするんだ。この乱暴者」

「うっせ。俺はそういうプレイは好きじゃねぇ！」

一晩中、自分ばかりが喘がされるなんて、いったいそれはなんの罰ゲームだ？

冗談じゃないと、幸哉は秀人を睨んだ。

「その案は却下だ。他にないのか？」

「他？——だったら、最初の夜にやったことを、もう一度なぞるってのはどう？」

「最初って……。お断りだ！　俺は強姦じみたプレイも好きじゃねぇ！」

「違うって。それじゃなく、九年前のあの夜のことだ」

「九年前の……」

何度も何度も思い出してきたあの甘い夜。

あれをもう一度やりなおすことに、不満があるわけがない。

「それならOKだ。……でも、おまえ、あの夜のこと覚えてるか？」

「もちろん。あれだけは、忘れようと思っても忘れられなかった。……表情も声も、触れた肌の熱さも、なにもかも全部覚えてる」

嬉しそうに微笑んだ秀人が、じゃあキスから……と唇を合わせてくる。

ここ最近の関係ですっかり秀人のキスに慣れていた幸哉は、いつものようにキスに応じようとしたが、秀人はそれを拒みまるで噛みつくみたいな勢いでキスを仕掛けてくる。

「……んんっ……」

どこかぎこちない、いかにも初心者っぽい自分勝手なキス。

（こっから同じにするのか……）

その不器用な感じのキスに幸哉はなんだか楽しくなって、触れた唇の間からつい笑い声を零してしまった。

そういうことならと一度唇が離れた後、今度は幸哉のほうから初心者相手に手順を教え込むようなキスを仕掛けてみる。

それを受けて、秀人も愉快そうに喉の奥で小さく笑った。

あの夜のように、肌にキスマークひとつつけるにもぎこちなく何度も失敗したふりをする秀人を見て、また幸哉が小さく笑う。

（そっか……。これもはじめてなんだな）

お互いの本当の気持ちをしっかり確かめ合った上で、恋人同士として迎える甘い夜。

今のこの行為もまた、はじめての体験なのだと、幸哉は幸せな気分に浸る。

胸元から脇腹《わきばら》、そして柔らかな内股《うちもも》にキスマークをつけ、そして雫《しずく》を零している幸哉のそれを舐め上げて……。

かつての甘い夜をなぞる行為は、なんだか凄く楽しかった。

行為の甘さに酔うより、楽しさのほうが先に立ち、まるでじゃれ合っているみたいだ。

だが、後ろに指を入れられると、さすがに笑ってばかりもいられなくなる。

「……あ……や……」

あの夜はなにもかもがはじめてだったから最初は違和感しかなかったが、今の幸哉の身体はもうそこで感じる喜びを知っているから最初から身体が反応してしまう。

早々に降参させられるかもと幸哉が焦っていると、「はじめてのとき、これ、どんな風に感じた？」と、内側を指の腹でゆうるりと擦《こす》りながら秀人が聞いてくる。

「……ん……正直、最初はもぞもぞ動かされるのがなんか気持ち悪かった」

「そうだったのか……。背中とかぴくぴくしてたから、てっきり感じてると思ったのに……」

幸哉の素直な感想に、秀人はがっかりする。

「気持ち悪かったのは最初のうちだけだって……。あと……おまえの指……子供の頃に比べて長くなったなって……思って……。――あ、そこっ」

あのときと同じように、幸哉のいいところを秀人の指がかすめる。

本当にいいところをわざと少しだけ外したその指の動きが、今の幸哉には焦《じ》れったくて堪らない。

「も、無理。挿れろよ。……はやく」

我慢できずに、幸哉は自分から腰を上げた。

「そう？――じゃ、いくよ」

秀人は幸哉の腰を摑むと、熱く昂ぶったそれをそこに押し当てた。

「――ん」

ぐぐっとゆっくり食い込んでくる熱に、すっかり秀人に馴染《なじ》んでいる幸哉の身体が期待に甘く震える。

だが、秀人は途中で力を抜いた。

「今日は止めとく」

「え？　ちょっ……なにもそこまで同じにしなくても……」

いくらなんでもこれは酷い、と幸哉は怒りかけた。

が、そっか、とふと気づく。

「——こっちはやる気になってんだ。最後までつき合ってもらうからな」

起き上がって秀人を突き飛ばし、自分から馬乗りになった。

「大人しくしてな。……気持ちよくしてやるからさ」

後ろ手で秀人のものに手を添えると、ぐぐっとゆっくり腰を落としていく。

「ん……ん……」

あのときは頑張って気持ちいいふりを装ったが、今はもうその必要はない。

馴染んだ身体は、嬉々《きき》として秀人を受け入れ、奥深くまで招き入れる。

全部呑み込んだ幸哉は、ふうっと息を吐いて秀人を見た。

秀人も当然あのときのような痛みは感じていないようで、ただ幸せそうに幸哉を見上げていた。

「髪、伸びたな」

「昔ぐらいの長さがいいなら切るよ」

「いや。大人になったおまえには、これぐらいの長さが似合ってる」

大人の男の色気とでもいうのだろうか。

額にかかる前髪が妙に色っぽく感じられて、幸哉は手を伸ばして秀人の前髪に触れてみた。

くすぐったそうに目を細めた秀人は、お返しとばかりに幸哉の前に触れてくる。

「ばっか。そんなことされたら、すぐにいっちまう」

あの頃とはもう違うのだから……。

幸哉は、両手の指と指を絡めて秀人を慌てて止める。

「そうだな。あのときと違って、ここも萎えてないしな」

「誰かさんに……散々仕込まれたお蔭でな」

実際、こうして繋がっているだけで身体の奥からじんわりと甘い痺《しび》れが湧いてくる。

幸哉は身体が求めるまま、ゆっくりと自分から動き出した。

「あ……ふ……」

はじめてのときはそこでの快感に不馴《ふな》れだったから、欲求に突き動かされるまま無我夢中で動いてしまったが、今は違う。

より深く、より長く楽しむ術をもう知っている。

秀人と両手を繋いだまま、幸哉はしばし自分の喜びだけに集中した。

「ヒデ……あ……いい……」

目を閉じ、顎を上げて身体をくねらせて、甘い吐息を零す。

握った両手をぎゅっと強く握りかえされ、目を開けて秀人を見ると、あの日と同じようにうっとりとした表情で幸哉を見つめていた。

「ヒデ、いいか？」

「もちろん。あのときと違って今回は痛くないしな。――それに、あんたはあの頃より、ずっと綺麗になった」

指を解いた秀人が、柔らかな幸哉の髪にそうっと触れてくる。

直接的な賛美の声に、幸哉の頬がかあっと熱くなる。

「あんたって、案外、照れ屋だよな」

「……うっせ」

幸哉は、からかってくる生意気な唇を唇で塞いだ。

身体の位置を入れ替えられて、再び深く繋がった。

「あっ……。――ヒデ……なあ」

ぞくぞくっと甘く震える背筋を反らせながら、幸哉は秀人の首にしがみつく。

「ん？」

「こっから先、俺、夢中になっちまってあんま覚えてないんだ」

「実は、俺も……」

全然余裕なかったからな、と秀人がクスッと笑う。

「今も余裕ないから、昔と一緒だな」

「余裕ないって？」

再会してからこっち、秀人に振り回され翻弄《ほんろう》されまくっていた幸哉が「嘘つけ」と軽く睨むと、秀人は「本当だって」と苦笑した。

「今も昔とまったく同じだ。――あんたが好きすぎて余裕なんてない」

信じてくれよ、と囁きながら秀人は幸哉の額に額を押し当てる。

誤魔化しようのない至近距離から見つめてくるその目は酷く真剣で、絶対に意志は曲げないといっているようだ。

(あの頃と一緒だ)

かつて一途に慕ってくれていた頃と同じ真剣な目。

すっかり嬉しくなった幸哉は、甘い垂れ目を細めながら、秀人の頭を抱き寄せて自分からちゅっと軽く口づけた。

「特別に信じてやるよ」

「……幸哉」

微笑んだ唇に、秀人が深く口づけてくる。

「んんぅ……。――あっ！　ちょっ……やあ……」

そのまま、息を継ぐ間もなく激しく揺さぶり上げられ、がくがくと頭が揺れる。

擦れあう身体が熱くて、身体の内側から溶けてしまいそうだ。

「やっ……ヒデ……あぁぁ……」

ふわりとした酩酊《めいてい》感と蕩けそうなほどの喜び。

急に激しくなった動きに、幸哉は我を忘れて夢中になった。

「幸哉、もう、俺を置いて……どこにも行かないな？」

甘い喜びに意識が飛ぶ寸前、ふと耳元で苦しげな声を聞いて、「ん」と幸哉は頷いた。

「……ずっと、あっ……一緒……いる」

揺さぶられながら、とぎれとぎれに答えると、「よかった」と、満足そうな吐息混じりの声が耳に届く。

その甘い刺激に、ぶるっと身体を震わせながら、幸哉は可愛くて愛《いと》おしい恋人の汗で滑る熱い背中に強く指を這わせた。

7

無事に秀人を取り戻せたし、秀人が幸哉を抱く度に無理矢理置いていっていた金は、花束用のクリアケースごと赤十字に寄付した。

これにて一件落着、めでたしめでたし。

――と、単純に思っていたのは、幸哉だけ。

秀人のほうは、一件落着にするつもりはまったくなく、とことん伯父を追い詰めてやると宣言して着々とその為の下調べをはじめていた。

「俺が無駄にさせられた九年間の代償は安くないぞ。それに、あんたの父親の財産もすべて取り戻してやるからな」

「いや、でも……すべてって言われても、今さらだし……」

大貫の屋敷にいた頃、財産放棄の書類らしきものにサインさせられていたから、取り戻すのは無理だろうと思ったのだが、秀人に言わせるとそんなものはまったく問題ないのだとか。

むしろ、こっちに有利な証拠になると言われた。

そして半月ほど経った頃、すべての証拠が揃《そろ》ったから明日にでも殴り込みに行ってくると意気揚々と宣言されて、幸哉のほうがびびってしまった。

「今さら取り返されても、俺じゃ会社とか経営できないし、むしろ迷惑だ」

「欲がないな。あの男の強欲さを足して二で割るとちょうどいいんじゃないか？」

秀人には呆れた顔をされたが、本心なのだからしょうがない。

「あ、でも、あの屋敷と庭だけは欲しい」

それを告げたら、秀人は任せておけと頷いた。

そして数日後、伯父は幸哉から奪い取ったすべてのものを失った。

伯父は幸哉の財産を盗み取るのに協力した弁護士らと共謀し、事業においても脱税やらインサイダー取引やら、ありとあらゆる違法行為を行って私腹を肥やしていた。その証拠をすべて揃えた秀人に、この書類をしかるべきところに提出されて犯罪者になりたくなければ、こちらの要求をすべて飲めと迫られ、追い詰められて頷くしか道がなくなったのだ。

その結果、伯父は一切の事業から手を引いて、二度と幸哉達の目に触れないよう田舎に引っ込むことになった。

残された事業のほうは、伯父の長男、孝一《こういち》にすべて任せることにしたと秀人が言った。

秀人の話では、そもそも伯父の違法行為の証拠を揃えてくれたのが孝一だったらしい。

孝一は、自分の父親の強欲さに常々嫌悪感を抱いていて、自社の利益より私腹を肥やすことを優先し、社員達をないがしろにするやり方に、ずっと苦言を呈し続けていた。

そして調査の途中でその事実を知った秀人と話し合った結果、伯父の追放劇に協力する決意をしてくれた。

ただ、伯父の悪事が表沙汰《ざた》になれば、事業自体が立ちゆかなくなる可能性が高いから、大勢の社員達の為にも、それだけは避けて欲しいと秀人に頼み込んだのだとか。

「すべて知っていたのに、今までなにもできずにいた俺も、あの守銭奴の共犯者だ。――すまなかった。この通りだ」

すべて終わった後で、花屋にひとりで訪ねてきた孝一に頭を下げられ、幸哉は少々困惑してしまった。

大貫の屋敷で一緒に暮らしていた頃、孝一は酷く無口な少年で、幸哉に話しかけてくることはほとんどなかった。興味を持たれてないいんだろうと思っていたのだが、孝一が言うには、自分の両親がしでかしたことに罪の意識を覚えるあまり、幸哉に気楽に話しかけることができなくなってしまっていたのだそうだ。

(子供は親を選べないってことか……)

なんだか、少し気の毒な気がする。

伯父が財産横領を企んだとき、孝一だってまだ子供だったのだ。

すでに起こってしまったことを覆すのは難しい。

その相手が実の父親ならばなおのことだ。

「いい機会だから、兄妹三人でじっくり話し合ったよ」

孝一は、家訓に背いて普通のサラリーマン家庭出身の妻を得ている。

長女の瑞穂は、経営する会社が傾き、大幅な事業縮小を余儀なくされてもなお頑張っている夫を見下すばかりの父親に、ほとほと愛想がつきている。

そして秀人と離婚し、子供の実の父親との再婚を決めた玲奈は、その段階で父親から勘当されていた。

話し合った結果をもって、三人は父親を訪ねたのだそうだ。

自分達の子供ですら金儲《もう》けの手段としか見れなくなっている今の父親に、親子の情愛を抱いていても虚しいだけ。

その考えを改め、生き方を変えてくれなければ、親子の縁を絶つしかないと……。

「伯父貴は、なんて？」

「育てた恩を忘れたのかって怒り狂って、こっちから縁を切ると言われたよ。たぶん、そんな風に言えば俺達が折れると思っていたんだろうけど……」

だが、伯父の目論見は外れた。

三人の子供達は、すでにそれぞれが家庭を持っている。

歪んだ考え方が自分達の子供の代にまで及び、その未来を歪ませることがないようにと彼らは決断を下したのだ。

(伯父貴、自分が捨てられるとは思ってなかっただろうな)

幸哉は、ごちゃごちゃしていた蔵の中を思い出す。

手に入れた宝物を整理整頓せずただ詰め込むだけで、なにがどこにあり、どれにどれぐらいの価値があるが、さっぱりわからなくなっていた。

強欲な伯父の心の中も同じようにごちゃごちゃして、大事なものとがらくたとの区別がつかなくなっているのかもしれない。

今はまだ混乱していて子供達に見捨てられた事実が身に染みていなくとも、いつか伯父が現実を把握して寂しさを感じられるようになればいいと思う。

財産を没収されたことで自らの行為を悔やむのではなく、その寂しさから、自らの行為を悔いてくれればいいと……。

きっとそれが、なによりの復讐になるような気がした。

☆

「ただいま」

秀人の帰宅の挨拶に、同居をＯＫした覚えのない幸哉は「おう」とだけ返事をした。

「おっ、いい匂い。なにを作ってるんだ？」

「常連のお客さんからズッキーニとトマトを貰ったからパスタソースにしてるんだ。あと牛のたたきにいつものピクルス」

フライパンの中でクツクツ煮込んでいた完成間際のパスタソースを見せると、秀人が嬉しそうな顔をする。

「いいね。これにもぴったりだ」

知人から貰ったという白ワインを掲げてみせた秀人は、ネクタイを緩めると勝手にキッチンに入ってきて、白ワインと一緒にどこからか持ってきたワインクーラーに氷を用意しはじめる。

「また勝手にものを増やしやがって……」

はっきり言って、幸哉の部屋は大人がふたり暮らすようにはできていない。

秀人が持ち込んでくるスーツ類でクローゼットはもう溢《あふ》れんばかりだし、お気に入りだという拘りの日用品の数々もごちゃごちゃと邪魔っ気だ。

とはいえ、当たり前のように一緒にいたがる秀人を追い出す気もない。

伯父から取り戻した屋敷の修復が終わったら、一緒にそっちに引っ越す予定になっているから、それまでに余計な荷物を増やして欲しくないだけだ。

「そう言うなって。ワイングラスを持ち込むのは我慢してやったんだから……。――この前、披露宴の引き出物で貰ったベネチアングラスのワイングラスはどこやった？」

「こっちの棚の一番上」

了解、と頷いた秀人はさして広くないキッチンですれ違いざま、幸哉に背後から抱きついてきて首筋に唇を押し当ててきた。

「ちょっ……。危ねぇだろうが！　火を使ってるときに変な真似するんじゃねぇよ」

「これ以上のことされたくなかったら、それ、味見させろ」

「ったく、変な脅し方すんなよな」

幸哉は苦笑しながら火を止めると、小さなスプーンでフライパンのソースをすくって、

「熱いぞ。気をつけろよ」と秀人の口元に運んでやった。

「ん……美味《うま》い。たいしたもんだ。――幸哉の手料理を食べられる日が来るなんて、思ってもみなかった」

秀人はしみじみと嬉しそうに言いながら、もう一度首筋にキスしてから幸哉を解放する。

「俺だって、自分が料理するようになるとは思ってもみなかったさ」

幸哉に料理を教えたのは、死んだ母親だ。

お嬢さま育ちだった彼女は、大貫の家を追い出されてひとりになったとき、料理が一切できなかったことでそりゃもう苦労したとかで、ほぼ強制的に幸哉にも料理を教え込んだのだ。

もしかしたら、自分の命が長くはないことを予感していたのかもしれない。

「俺の母親に感謝しろ」

「そうする。――へえ、引き出物にしちゃいいものだな。これ、二客で四万以上するぞ」

ワイングラスの箱を開けた秀人が、ちょっと驚いたように言う。

「まじかよ。会費一万だったのに……。それじゃ大赤字じゃないか」

「取引先の会社社長の結婚披露宴みたいなものだったっけ？　随分と儲かってる会社なんだな。職種はなに？」

「イベント企画会社。元々は社長の養子縁組を祝うサプライズパーティーの予定だったんだけどさ、途中で色々あって、ちゃんとしたお披露目のパーティーってことになったらしいんだ。実際、料理も酒も豊富で美味かったから、あの金額で大丈夫だったか気になってはいたんだよなぁ」

（かなりの持ち出しだったんだろうな）

幸哉自身、いつも楽しく仕事させてもらっているお礼のつもりで、あのパーティーに提供したブーケなどの代金は、実費のみで儲けは取らないようにしていた。

他の業者もそうだったとしたら費用はかなり抑えられたかもしれないが、それにしたってちょっと差額が大きすぎる。

「今さら返すわけにもいかねぇしなぁ。……それ、実はレプリカで、本当は安物だったりしねぇか？」

もう一回ちゃんと見てくれよと秀人に頼もうと振り向くと、こっちをじっと見ていたらしい真顔の秀人とバチッと目があった。

「……なんだよ？」

「養子縁組で、結婚披露宴みたいなもの……ってことは、もしかして同性婚？」

（あ、やべっ）

秀人の目がきらっと光ったような気がして、幸哉は思わず狼狽えた。

「……まあ、そんなとこ……かな？」

それよりさ、と誤魔化そうとしたが、その前にがしっと背後から両腕を摑まれ拘束される。

「その手があったか」

「あ？」

「それなら、あんたを合法的に俺のものにできる」

「てめぇ、ふざけんなよ！　俺はものじゃねぇ！」

瞬時に負けず嫌いの血が疼《うず》いて、幸哉は振り向いて怒鳴った。

だが、子供の頃からこの手の幸哉の喧嘩腰に慣れっこの秀人は、その怒りを「ああ、ごめん」とあっさり流してしまう。

「俺があんたのものになるよ。それならいいだろう？　知っての通り、実家との縁も切れて、反対する人だっていないからな」

身動きできないほど腕を押さえ込んだまま、それでも優しい声で耳元で囁き、甘えたように首筋に頬を寄せてくる。

（くそっ。俺の扱いがやけにうまくなりやがって……）

すりすりと甘えられたぐらいで、柄にもなくきゅうっと胸が締めつけられてしまうようになった最近の自分に、幸哉は内心で舌打ちした。

秀人は生真面目で不器用だった子供の頃には持ち得なかった技を身につけたようで、こんな風に甘えたふりをしては自分の意志を通そうとする。

幸哉がいまだに秀人のことが可愛くて仕方ないと思っているのを知っていて、わざとそうしているのだ。

（でもなぁ）

ここで折れてやるのは、年上のプライドが疼く。

というか、この問題に関しては、幸哉にだってちゃんとプランがあるのだ。

晴れて自分のものとなった大貫の屋敷に秀人と一緒に引っ越した後で、幸哉のほうから秀人に『俺のところに婿養子に来い』と偉そうに命じてやるというプランが……。

思い切って自分のほうからプロポーズすることで、同性同士の恋愛に踏み切れずにいたかつての自分と決別するつもりだった。

恋人同士になったとはいえ、戸籍の上でも結ばれるというのは、やはり幸哉にはけっこう高いハードルだ。

それを自らの意志で飛び越えることで、ひとりで戦ってくれていた高校生の秀人に報いることにもなるんじゃないかと思っていたのだが……。

（なんでこう、俺が自分で考えたプランって上手《うま》くいかねぇんだ？）

かつて、秀人と一緒に大貫の屋敷から出て行こうと練っていたプランも不発だったし、今度のプランももう駄目っぽい。

（いま断ったら、秀人、絶対がっかりするしな）

可愛い弟分で、誰よりも愛しい恋人。

秀人にはいつだって機嫌よく笑っていて欲しい。

そうしてくれないと、幸哉もまた楽しい気分ではいられないからだ。

だから幸哉は、渋々ながらも口を開いた。

「――ったく、しょうがねぇなぁ」

そう告げた途端、両腕を拘束していた秀人の手が外れて、そのまま背後からぎゅううっと強く抱きすくめられた。

「……ゆきちゃん」

（再会してから、はじめてだな）

ゆきちゃん、と、昔の愛称で呼ばれるのは……。

なんだか柄にもなくやたらと甘酸っぱい気分になったが、愛称を呼ぶ秀人の声が絞り出すように苦しげなのが気にかかる。

（またか……。なんで喜ばねぇんだ？）

不満に思った幸哉は、無理矢理身体を捻って振り返る。

だが、視線が絡むと、秀人は心底嬉しそうにその顔をほころばせた。

（三度目の正直……ってか）

三度目で、やっと秀人を喜ばせることに成功したらしい。

よし、と満足げに微笑んだ幸哉は、背伸びして笑みを刻んだ秀人の唇に自分から唇を重ねていった。

びっくり箱のような

幸哉《ゆきや》と一緒に暮らすようになって、はじめて知った意外なこと。

その一番目は、幸哉が意外にも家事全般が得意だということだ。

名目上の妻と離婚して以来、秀人《ひでと》は少々食生活がおろそかになり、さらには精神的にも色々と追い詰められたせいで少し痩《や》せてしまっていた。

それを心配してくれていたらしい幸哉が、「ほら、食え」と、はじめて手料理をご馳走《ちそう》してくれたときは本気で驚いたものだ。

卵とチーズがのったミートソースドリアにほうれん草とキノコのソテー、そしてフルーツと野菜とが交じったヨーグルトサラダと、テーブルの上に並んだメニューは子供時代の好物ばかり。

恐る恐る口をつけてみたら、どれも文句なくちゃんと美味《うま》かった。

「この程度、俺さまにとってはちょろいもんよ」

美味い、と手放しで誉《ほ》める秀人に、感謝しろよと幸哉は鼻高々だ。

死んだ母親に仕込まれたとかで、料理だけじゃなく、掃除洗濯と身の回りのことはほぼ全部、完璧《かんぺき》に自分でこなしているようだ。

母親とふたり暮らしをしていた時期に、今の時代、男でもこれぐらいはやれて当然と、色々仕込まれたらしい。

雑で適当な性格の幸哉が、よく花屋だなんて細やかな気配りが必要な商売ができるもんだと思っていたが、母親が仕込んでくれたこの家庭的な面が大いに手助けになったのかもしれない。

おまえもちょっとは練習したほうがいいんじゃねぇのと偉そうに言われたが、それに関しては聞かなかったふりをした。

家事の類《たぐい》は、金さえだせば代行してくれる人々がいる。

稼いだ金をそんな形で世の中に還元するのも、資産家の役割というものだろう。

(それに、教わったからって、それができるかどうかはまた別の話だからな)

秀人の別れた妻は料理教室に通っていたが、最後まで料理が得意じゃなく、デリバリーやテイクアウトをこっそりと利用していたふしがある。

そういう意味では、幸哉にはその手の才能があったのだろう。

二番目は、けっこうな酒好きだということ。

身体《からだ》だけの関係のときは、一緒に飲み食いをする機会がまったくなかったから知らなかったのだが、幸哉は普段から毎晩のように酒をたしなんでいたようだ。

ただ、かなり弱い。

本人はリーズナブルだと言っているが、ビールを一杯飲むだけでご機嫌になって、三杯飲めば完全に酔っぱらう。

酔うと、当然ながら理性も少々緩くなる。

照れ屋で意地っ張りの幸哉は、恋人同士になっても自分から誘うと負けだとでも思ってるのか、自分からベッドに誘うような真似《まね》はしない。

もちろん酔ったからと言って、やろうぜと露骨に誘うような真似はしないのだが、あの手この手でじゃれついてきては、こっちをその気にさせようとはしてくる。

甘く垂れた目元をほんのり赤くして、そっちがその気なら相手してやってもいいけど？と言わんばかりの甘えた態度で誘惑されるのは、正直かなり楽しい。

ちなみに、幸哉は恋人になると同時に、セックスに関してやけに積極的になった。

これに関しては意外性はまったく感じない。

元から楽しむことに関してはやたらと積極的で、努力を惜しまないチャレンジャーだったからだ。

より深い快楽を追求する姿勢と、快感を素直に受けとめるその感じやすい身体。

恋人としての幸哉のエロさは予想以上で、秀人をとても喜ばせてくれている。

「ん……ふぅ」

秀人が頼んだわけでもないのに、幸哉は秀人の股間《こかん》に顔を埋《うず》め、濡《ぬ》れた音を立てながら唇と舌とで夢中になって秀人のそれに愛撫《あいぶ》を加えてくれていた。

自らのそんな行為に興奮しているのだろう。

その目元は赤く染まり、口の中はやけに熱い。

暴力で奪っていた頃にはなかった愛《いと》しい人の積極的な奉仕に、秀人は愛されていると実感して胸が熱くなる。

（……可愛《かわい》い）

自らの唾液《だえき》と秀人の零した雫が伝う幸哉の顎《あご》から喉元《のどもと》を、指先で撫《な》でるように優しくぬぐうと、幸哉は嬉《うれ》しそうにぶるっと甘くその身体を震わせた。

そして幸哉の甘い垂れ目が、上目遣いでちらっと秀人に向けられる。

ちゃんと気持ちよくなってるかな？　と探るような、心配そうなその視線がむしょうに可愛くて愛おしい。

（くそっ）

もう少しこの色っぽい眺めを楽しみたかったのに、こんな顔を見せられたら我慢できるものじゃない。

秀人は幸哉の肩を摑《つか》んで無理矢理引きはがすと、そのまま押し倒して足を抱え上げた。

「――んあぁっ！」

性急な結合に、幸哉はかくっと顎を上げ、微《かす》かに眉根《まゆね》を寄せる。

だが、乱暴に突き上げられたにも関《かか》わらず、毎晩開いて可愛がっている身体はすんなりと秀人を受け入れ、むしろ嬉しそうに秀人のそれを甘くきゅううっと締めつけている。

「ヒデ……秀人……」

肩に、背中に食い込む指先の微かな痛みも、耳に吹き込まれる甘えた声も、酷《ひど》く甘い。

（質《たち》が悪い）

姿形が綺麗《きれい》であること以上に、その仕草や痴態《ちたい》が蠱惑《こわく》的すぎる。

喜びを与えてあげればあげるだけ素直に受け入れて甘く喜び、それまで見せたことのない痴態を晒《さら》してこちらを誘惑してくる。

幸哉に言えば、俺が誘惑してんじゃねぇよ、おまえががっついてるだけだろうが、と怒られるかもしれないが……。

（認めないところが、また可愛いくて仕方ないんだよな）

悪態をつくその姿さえ、愛おしくて仕方ない。

なんだかんだ言って、秀人は九年越しでやっと手に入れた年上の恋人に溺《おぼ》れまくっている。

がっついていると言われても構わない。

もっと見たいし、もっと知りたい。

まだ見たことのない恋人の痴態を引き出すべく、絡みついてくる四肢をやんわりと押さえ込み、さらに深く身体を進める。

「……んんっ……ヒデ、もっと……」

耳に吹き込まれる甘い声に誘われるまま、愛しい身体を貪《むさぼ》り続ける。

疲れ果てた恋人が、この腕の中で安心しきって眠りに落ちるまで……。

☆

もうひとつ知った意外なこと。

それは、幸哉が人間好きだということだ。

大貫《おおぬき》の屋敷で一緒に育った頃の幸哉は、秀人や親しくしている使用人以外の人間に対しては基本的にふてぶてしい態度を取ってばかりいた。

だから、どちらかというと排他的なんだろうと思っていたのだが、どうやらそれは、大貫の屋敷の中だけのことだったようだ。

花屋の店先でおっとり優しげに微笑《ほほえ》むのは、猫を被《かぶ》っているとかじゃなく、自分自身が綺麗な花束になったつもりで演じているんだと幸哉は言っている。

だが、ただ演じているだけでは、くだらない世間話や噂《うわさ》を楽しげに話す近所の奥さん達の立ち話や、何度もリピートを繰り返す老人達の思い出話に根気よくつき合ってあげることなんてできないだろう。

短気な幸哉のこと、本当に嫌だったら、我慢しておしゃべりに興じていても、途中で癇《かん》癪《しゃく》を起こして店のシャッターを閉めかねない。

間違いなく、幸哉自身も人々との他愛のない会話を心から楽しんでいるのだ。

(昔からそうだったのなら、俺はかなり我《わ》儘《まま》を言ってきたってことになるな)

高校生の頃の秀人は、幸哉を自分に縛りつけようとばかりしていた。

自分に向けられるあの甘い笑みを他の誰の目にも触れさせたくはなかったし、自分以外の人間と親しくして欲しくなかった。

少しでも幸哉の帰宅が遅くなると、今どこにいる？　とか、早く帰ってこいとか、束縛するような内容のメールを送ってばかりいた。

そのせいで幸哉が大学生活の楽しみを少なからず犠牲にしていたことを、つい最近知ったばかりだ。

そんな自分を、秀人は今になって反省している。

同時に、仕方がなかったのだと開き直ってもいた。

あの頃は、まだ子供すぎて、相手を思いやる余裕がまったくなかった。

恋した相手が、自分が知らない場所で他の誰かと楽しげに話しているのかと想像しただけで、嫉《しっ》妬《と》に胸が焼けた。

見ていない間に、誰かから奪われてしまうのではないかという不安に、いてもたってもいられなくなるのはしょっちゅうだった。

でも、今はもう大丈夫だ。

幸哉が自分以外の誰かを選ぶわけがないという確信があるし、誰にも奪わせないという自信もある。

ふたりが離れていた間に、幸哉がひとりで作りあげた大事な居場所を、自分勝手な我が儘で壊したりはしない。

(むしろ、これからは守ってやれる)

幸哉がいつでも心から笑っていられるよう、この手で……。

幸哉は今でもたまに秀人を見上げて、ほんとに大人になったなぁと、しみじみとした口調で言う。

離れていた九年の月日で成長したのはこの身体だけじゃない。

心もまた成長しているのだということを、きちんと知ってもらえるように……。

ちなみに、現実面での幸哉の経済観念のなさは呆《あき》れるほどに予想通りだった。

前々から気になっていた花屋の経営もやはりかなりギリギリで、イベント事がなく赤字になったりする月には、自らの貯金を切り崩していたようだ。

貯金がなくなったらどうするつもりだったんだと聞いてみたら、なんとかなるんじゃねぇの、と答える適当っぷりだ。

取り戻した大貫の屋敷の件に関しても似たようなものだ。

屋敷だけじゃなく、不動産収入が得られる物件なども返してもらったほうがいいと秀人が勧めたにも関わらず、幸哉はいちいち管理するのが面倒だからと言って、従兄弟《いとこ》に丸投げしてしまったのだ。

それどころか全額返済された父親の銀行預金類に関しても、伯父が傾けた事業を立て直す為に使えと、従兄弟にほいほいとくれてやる始末だ。

それでもなお一財産残ってはいるが、この先、五十年以上生きることを考えるとさすがに心許《こころもと》ない。

いま現在、腕のいい職人達に依頼している大貫の屋敷の修繕費や毎年の固定資産税等が高額になるのはわかりきっていることだし、所有している貴重な美術品の類を管理維持する為《ため》にも専門家の手が必要になる。

広大な日本庭園を維持するには今まで通り専門の庭師を雇う必要があるし、広い屋敷を管理維持していく人員だって必要だ。

花屋の経営で儲《もう》かるどころかマイナスになっていることを考えると、いずれ幸哉がスッカラカンになって困り果てるのは目に見えている。

（まったく、世話の焼ける）

仕方ないので、その分は秀人が面倒を見るつもりだ。

秀人は、幸哉と違って行き当たりばったりには生きてないから、いま現在の資産を当て込むだけの適当な将来設計はしない。

金はあって困るものじゃないから、とりあえず今よりもっと稼ぐ方向で計画を立てている最中だ。

ただ金儲けするのではなく、日々楽しそうに働いている幸哉を見習って、これからはもうちょっと楽しんで仕事してみようかとも思っているが……。

（今のも悪くないが、ちょっと片寄りすぎてるからな）

現在の秀人の儲けのメインは、ぶっちゃけて言えば金持ち相手の外商みたいなもの。

もっと手広く、もっとオープンに挑戦的な仕事をしてみるのも悪くない。

その為のノウハウを、秀人はすでに持っていた。

大学時代、父親の差し金であっちこっち行かされ、様々な業種の内情や仕組みを勉強をさせられたお蔭《かげ》だった。

愛人の子として肩身の狭い思いをして育った秀人が、いずれ本格的にグループ企業の経営に参加するようになったとき、自らの能力に堂々と自信をもって働けるように、巨大なグループの土台となっている様々な業種を身をもって体験させ、理解させようとの父親の気遣いだったらしい。

けっきょく秀人は家を出ることになったから、努力して身につけた知識や経験もすべて無駄になったと思っていたが、思わぬ形で有効利用できそうな流れだ。

(この年になって、まさか親に感謝することになるとはな)

わからないものだと、秀人は自分の人生をはじめて愉快に思った。


まず手始めに、一般人がちょっとだけ頑張れば手が届くグレードの商品を揃《そろ》えた新しい店を作ることに決めた。

日常の中のほんのちょっとした贅沢《ぜいたく》品と定義してみても、秀人には一般人の金銭感覚がわからないので、そこら辺の金額設定は、部下達と日々すりあわせの真っ最中だ。

売り場となる店舗のほうは、いい物件をすでに押さえてあるので、さっそくその内装をデザイナーに依頼した。

送られてきたデザインデータは、特殊な取扱品故のハードルの高さを感じさせない開放的で明るいイメージで、思いがけなくいいものになっていて秀人を喜ばせた。

(幸哉にこれを見せたら、なんて言うだろう？)

仕事に関することで、楽しい気分になったのははじめてだ。

意見を聞いてみたくなった秀人は、デザインデータをプリントアウトしたものを手に、いつもよりずっと早い時間帯に仕事を終えた。

近くの駐車場に車を停め、見せたいものがあるから仕事の手が空いたときにでも二階に上がって来てくれと幸哉にメールしようと考えながら、玄関の鍵《かぎ》を開けようとしていると、店舗のほうから急に声をかけられた。

「西園寺《さいおんじ》さ〜ん、一緒にアイスコーヒーいかがですか？」

声をかけてきたのは、いつも遠巻きに住居スペースに出入りする秀人を眺めていたパートの女性だ。

いつも全身ピンクずくめの派手な女性は、にこにこと満面の笑みを浮かべている。

（唐突になんなんだ？）

なぜ、この女性は自分の名前を知っているのか？

そして、なぜ、こんなに気軽に声をかけてくるのか？

秀人が理解できずに立ちすくんでいると、店舗のほうから、ひょこっと女子高生がふたり出てきた。

「わ〜、かあっこい〜」

秀人を見て急にはしゃぎだした女子高生達は、ぐるっと後ろを振り向くと、鉢植えの手入れをしていた幸哉に視線を向けた。

「店長さんも美人だし、お似合いですね～」

（――お似合いって？）

どういうことだ？　と戸惑う秀人をよそに、幸哉は「でしょう？」とおっとりと甘い垂れ目を細めて微笑む。

それで秀人は、事態を理解した。

（ここの人達に、自分からカミングアウトしたのか）

住居スペースに頻繁に出入りするようになったあの男は、自分の恋人だと……。

花屋の仮面を被っているときは、おっとりと中性的な雰囲気を醸しだしているが、本来の幸哉は見栄《みえ》っ張りでプライドが高い。

男の恋人がいるだなんて世間の常識から外れたことは、あまりおおっぴらにしたくないだろうと思っていたのだが……。

「ヒデ、おいで。――このお嬢さん達から、クッキーを差し入れに貰《もら》ったんだ」

一緒にお茶にしよう、とおっとりした口調で誘われて、今度は幸哉がなにを考えてカミングアウトしたのかを理解できたような気がした。

（ここにも、俺の居場所を作ってくれようとしてるのか）

この花屋は、離れていた九年の間に、幸哉がひとりで作りあげた大事な居場所だ。

新参者の自分が無闇《むやみ》に踏み込み、大事に築き上げてきた人間関係を壊すようなことがあってはいけないだろうと、あえて近づかないようにしていたのだが……。

（それに気づいて、自分から招き入れてくれたんだろうか？）

気づいていなかったとしても、幸哉がこれからの自分の人生に、秀人の存在をきちんと組み込んでくれようとしているのは確かなようだ。

（今の俺なら大丈夫だと認めてくれたのかな）

独占欲で無理に縛りつけようとはせず、幸哉が親しくしている人々を尊重して、ちゃんと馴染《なじ》んでくれるはずだと……。

もしそうなら、こんなに嬉しいことはない。

（それにしたって、よく決意できたもんだ）

女性達の表情からして、店長の同性の恋人の存在はすんなりと認められたようだが、運が悪ければ拒否反応を示される可能性だってあったのだ。

カミングアウトするのに、どれほどの勇気と気力がいっただろう。

それを思うと、幸哉の行為が余計に嬉しく感じられてくる。

（今すぐ抱き締めたい）

この場でぎゅうっと抱きすくめて、あの甘い目元にキスの雨を降らせたい。

この喜びを全身全霊で表現したい。

だが、さすがにこの場でそれはまずい。

それをしたら、真っ赤になって照れた幸哉に、拳骨《げんこつ》で思いっきり殴られそうな気がする。

恋人を殴るだなんて真似は、幸哉が築き上げてきたおっとり優しい花屋さんのイメージにはあまりにもそぐわない。

(幸哉のイメージを守る為に協力しないと……)

それも恋人の大事な仕事だろう。

幸哉が築き上げたおっとり優しい花屋さんのイメージを守るべく、秀人は内心の喜びをぐっと抑えて、ゆっくりと花屋の店先へと足を運んだ。

……が。

(さすがにこれは……)

招き入れてくれようとする気持ちは嬉しいが、花屋の店先で繰り広げられる女性達との和気あいあいとした会話に、秀人がすんなり混ざれるかどうかは別の話だ。

本来、秀人は寡黙なほうだし、女子高生達との他愛のない会話を楽しめる素養は一切持っていないのだ。

(勘弁してくれ)

花屋の店先に足を運んで五分後、秀人ははしゃぎまくる女子高生達のパワーに、すでに白旗を揚げていた。

「仕事を持って帰ってきてるので、俺はこれで……」

とりあえず手作りだとかいうクッキーだけ味見して、言葉少なに誉めてから、ごゆっくりと言い置いて、そそくさと玄関のほうに逃げた。

「あー、逃げられちゃった」

「すみません。……見た目強面《こわもて》だけど、けっこうシャイなんですよ」

パートの女性が残念そうに言うのに、幸哉が答える。

(誰がシャイだって?)

思わず振り返ると、にやり、と笑っている幸哉と目があった。

優しげな面差しに似合わないその笑みは、幸哉がろくでもない悪戯《いたずら》をやらかしているときに見せるものだ。

どうやら、秀人がシャイだなどという事実無根のイメージを、故意に女性達に植えつけようとしているらしい。

(ったく、いい年して……)

こんなくだらない悪戯になんの意味があるんだと本気で首を傾《かし》げたくなるが、幸哉は昔からこの手のくだらない悪戯がそりゃもう大好きだった。

いくつになっても悪戯できるチャンスを決して見逃さない、稚気溢《あふ》れる幸哉の言動に、秀人は思わず苦笑していた。

一応メールはしてみたものの、幸哉が二階に上がってきたのは、すべての仕事を終えた後、夜になってからだった。

「なにを見ろって？」

挨拶《あいさつ》もないまま唐突に聞いてくる幸哉に、秀人は新店舗のデザイン画を見せた。

「へえ。……これ、この間言ってた店？」

「感想は？」

「うん、悪くねぇな」

悪くない、というのはひねくれ者の幸哉にとってはかなりの誉め言葉だ。

「なあ、この絵、明日一日借りていいか？」

「どうして？」

「店の客に見せて、ちょっと意見聞いてみる」

この手の店で買い物するのは女性がメインだ。

家族同士のつき合いで贈り物をする際にも、サイフのヒモを握っているのは大抵が妻のほうだ。

だから、一般女性の意見を聞いたほうがいいんじゃねぇのと幸哉が言う。

「そうだな。じゃあ、頼む」

「まかせとけ。――後さ、店内に、ちょこっと座れるスペースがあったほうがいいんじゃねぇ？」

「休憩用？」

「そう。年寄りの客のこともちょっとは考えてやらねぇと……」

「なるほど」

頷《うなず》きつつ、どうせなら、店舗の二階あたりにでも、喫茶を作るのも悪くないと秀人は考えていた。

店内で販売する商品と同クラスの茶器を使って、和菓子や抹茶、ケーキセットなどを提供して、商品の実際の使用感を体験してもらうのだ。

（女性はおしゃべり好きだしな）

こんな上等の茶器でお茶にするのも悪くないわねぇ、なんてことを思う人もいるかもしれない。それに、喫茶で提供するメニューのグレードを上げて独自性を持たせ、マスコミに宣伝でもさせれば、それ目当てに気軽に訪れる客も増えるだろう。

「そういえば、カミングアウトしてよかったのか？」

ふと、昼間のことが気になって聞いてみた。

ふたりの関係を堂々と公言してくれるのは嬉しい。

だが、女性達の間で噂話が浸透していくスピードは恐ろしく早いはず。

あっという間に、あそこの店長はゲイだという噂が広まって、営業に響きはしないかとちょっと心配でもあったのだ。

「ああ、それなら平気だ。――なんつっても俺、この通りの美人だし」

「……は？」

「ほら、前に取引先の社長の同性婚の話しただろ？　あれさ、うちのパートの若奥さんも準備手伝ったんだ。で、まあ、物珍しい話だから常連さん達にけっこうしゃべりまくってたんだよ。あ、もちろん個人情報は伏せてるからな」

その結果、意外にも奥さん連中の反応は良好だったのだそうだ。

「ちょっと見ない美形だってのがポイント高いらしいよ。これが、もっさいおっさんだったら、キモッ！　ってことになるんだろうけど」

そういう意味で、俺は美人だから大丈夫なんだと、幸哉が威張る。

「この話が噂になって、物見高い女性達が俺の顔を見にわざわざ来店するって可能性もありだと思わねぇ？」

「……それで？」

「だからさ、おまえ、俺にもうちょっと営業努力をしろって前に言ってただろ？　これも集客の為の営業努力の一種だってこと」

（……ったく、また後先考えずに……）

威張る幸哉に、秀人は軽い頭痛を覚える。

そんな見せ物で集客したところで、所詮《しょせん》は一過性でしかない。

継続しなければ意味がないってことがわかってないのだ。

だが、やってしまった後で文句をつけたところで、幸哉の機嫌を損ねるだけでさして意味がない。

秀人はあえて営業努力云々は聞き流すことにした。

「なんだ。そういう魂胆だったのか……。てっきり、カミングアウトすることで、あの店に俺の居場所を作ってくれようとしたんだと思ったのに……」

わざと恨みがましく言うと、幸哉は「そんなことあるわけねぇだろ」とぶっきらぼうに肩を竦《すく》めた。

「さてっと、腹減ったな。今日はちゃちゃっとできるチャーハンにするぞ。カレー味と醤《しょう》油《ゆ》風味とどっちがいい？」

「醤油」

「わかった」

チャーハンならば、飲むのはビールだろう。

飲み物はおまえの担当だと、常々幸哉から言われている。

秀人は、グラスを冷凍庫で冷やしておこうと立ち上がり、先にキッチンに向かった幸哉を追った。

そして、ふと気づいたのだ。

(真っ赤だ)

肩先まで伸びた柔らかな髪の間から覗《のぞ》く、幸哉の色白な首筋が真っ赤に染まっている。

ちょっと脇《わき》から覗き込んだら、耳も真っ赤に染まっていた。

(なんだ。図星だったのか)

カミングアウトすることで、あの店に自分の居場所を作ってくれようとしたのだろうという予測は、どうやら大正解だったようだ。

営業努力云々《うんぬん》は、きっと照れ隠しの言い訳だったのだろう。

照れ屋でへそ曲がりの幸哉のこと、素直に認めることができないのだ。

うっかり騙《だま》されるところだった。

どうしてこう素直に喜ばせてくれないものかと、秀人の唇に苦笑が浮かぶ。

わかったつもりでいると肩すかしをくらい、それでがっかりしていると唐突に喜ばせてくれる。

(まったく、油断も隙《すき》もない)

さて、どうしてくれようかと苦笑したまま、冷蔵庫から取り出した野菜を手にシンクの前に立つ幸哉の背後に行く。

「なんだよ？」

幸哉が振り返らずに、ぶっきらぼうな口調で言った。

「いや、なんか首とか耳とか赤くなってるから、どうしてかと思って……」

ちゅっと首筋にキスした途端、「どうしてだと？」と、幸哉がぐるっと振り向く。

「俺は怒ってんだっ‼」

「は？」

振り向いた幸哉の顔は、確かに照れ隠しとは思えないほど、しっかり怒っていた。

「なにか怒らせるようなことしたか？」

「した！——ったく、なんでそう目敏《めざと》く気づくんだよ。俺のせっかくのプランが台無しじゃねぇか」

「プラン？」

「カミングアウトした理由とか、後でゆっくり話すつもりだったんだ。俺達のこれからのこととかも含めて……」

実は……と幸哉が自分の本心を打ち明け、それを聞いた自分が大喜びする、というプランが、どうやら幸哉の中では出来上がっていたらしい。

なのに、秀人がさらりとそれを口にしてしまったものだから、プランが台無しだと幸哉は怒っているのだ。

（……八つ当たりの逆ギレか）

怒られる筋合いはないと思うのだが、ここで正論を言ったところで火に油を注ぐだけだ。

（本当に、油断も隙もないな）

よくも次から次へと、思いがけない言動で驚かせてくれるものだ。

お蔭で、こっちは退屈している暇がない。

勝手にこみ上げてくる秀人の笑みを見とがめて、幸哉が甘く垂れた目を眇《すが》める。

「……なに笑ってるんだよ」

「いや、ちゃんと俺のことを考えてくれてるんだと思うと嬉しくて……」

「嬉しい？　ほんとかよ？」

「もちろん。——カミングアウトしたって知ったときも、人目さえなかったら抱き締めてキスしたいぐらい嬉しかったよ。幸哉に愛されてるって、実感したからね」

このひねくれ者は、照れ屋でもあるので、素直な言葉に滅法弱い。

あからさまにおろっと狼狽《うろた》えて、さっきまでよりもっと赤くなった。

「……それならいいけど」

「改めて、キスしてもいいか？」

「い、今さら聞くような仲じゃねぇだろ」

照れたまま、ぷいっとぶっきらぼうに横を向く。

「じゃ、遠慮なく」

許可を得た秀人は、そっぽを向いた顔を正面に戻すべく、真っ赤に染まった頬《ほお》に手の平を当てた。

あとがき

こんにちは。もしくは、はじめまして。

黒崎あつしでございます。


急に寒くなってきましたね。

今年の冬も節電を意識しなきゃと、慌てて去年使っていた湯たんぽや膝掛けなんかを用意して、お手入れもしてみました。身体を中から温める、生姜のレシピもおさらい中。でもって仕事中に使おうと、スヌードをちょこちょこ編み始めてます。

とはいえ、なかなか時間が取れないのでいつになったらできるものか……（遠い目）。


さてさて今回のお話は、『お嫁さんになりたい』から続くスピンオフシリーズの四作目。前作『花嫁いりませんか？』の、主役カップルの会社に出入りしているお花屋さんが主人公。

幸せそうな前作カップルを遠くから眺めつつ、俺は今までなにをやってきたんだろうと、ずるずるしつこく引きずってきた自分の恋を、主人公が改めて見つめ直したりするお話です。

キャラに繋がりはありますが、基本的に一冊でも読めるように書いてありますので、どうぞご安心を。

皆さまに少しでも楽しんでいただければ幸いです。


またまたイラストを引き受けてくださった高星麻子先生に心からの感謝を。

小生意気そうな子供時代の秀人に、ひゃっほ～い♪となってしまいました（子供好きー）。

私の背中をいつもよいしょと押してくれる担当さん、毎度お世話かけてます。

お陰様で楽しく書けてます。ありがとう。


この本を手に取ってくださった皆さまにも、心からの感謝を。

読んでくれてとても嬉しく思っています。

皆さまが、少しでも楽しいひとときを過ごされますように。

またお目にかかれる日がくることを祈りつつ……。

二〇一一年十月

黒崎あつし

✦初出　お婿さんにしてあげる……………書き下ろし
びっくり箱のような………………書き下ろし

黒崎あつし先生、高星麻子先生へのお便り、本作品に関するご意見、ご感想などは
〒151-0051 東京都渋谷区千駄ヶ谷 4-9-7
幻冬舎コミックス　ルチル文庫「お婿さんにしてあげる」係まで。

幻冬舎ルチル文庫

お婿さんにしてあげる

2011年11月20日　第1刷発行

✦著者　黒崎あつし　くろさき あつし

✦発行人　伊藤嘉彦

✦発行元　株式会社 幻冬舎コミックス
〒151-0051 東京都渋谷区千駄ヶ谷 4-9-7
電話 03(5411)6432[編集]

✦発売元　株式会社 幻冬舎
〒151-0051 東京都渋谷区千駄ヶ谷 4-9-7
電話 03(5411)6222[営業]
振替 00120-8-767643

✦印刷・製本所　中央精版印刷株式会社

✦検印廃止

ISBN978-4-344-82374-7　C0193　Printed in Japan

黒崎あつし
「花嫁いりませんか?」
イラスト
高星麻子
580円（本体価格552円）
イベント会社社長の天野流生は、恩のある鷹取聡一にはどうしても逆らえない。ある日総一に、掃除洗濯料理運転手と、なんでもできる器用な奴だから「嫁」だと思って便利に使え、と高橋王太を押し付けられる。いつも一人だった流生は王太に大事にされ、誰かと食事をすることの楽しさや、周囲の人の優しさにも気づけるようになる。しかし、流生に突然縁談が持ちかけられ!?

＊本書は、一九九七年に当社より刊行した著作を文庫化したものです。

草思社文庫

他人をほめる人、けなす人

2011年4月25日　第1刷発行
2019年5月 2日　第4刷発行

著　者　フランチェスコ・アルベローニ

訳　者　大久保昭男

発行者　藤田　博

発行所　株式会社 草思社

〒160-0022　東京都新宿区新宿1-10-1
電話　03(4580)7676(営業)
　　　03(4580)7680(編集)
　　　http://www.soshisha.com/

本文印刷　株式会社 三陽社

付物印刷　日経印刷 株式会社

製本所　大口製本印刷株式会社

本体表紙デザイン　間村俊一

ISBN978-4-7942-1816-2　Printed in Japan